季節はうつる、メリーゴーランドのように

旋轉木馬推理事件簿

岡崎琢磨

林玟伶 譯

目次

序章

當我緩緩轉動插在門上的鑰匙時，覺得世界的其中一側好像也被我關進門裡了。

十二月的夜晚街道相當寒冷。我雙手伸進大衣的口袋，稍微弓著背行走。厚重的雲層彷彿要將住宅區裡成排的建築物全都用力壓住似的，看不到天上的星星。裝設在電線桿上的路燈隨性地將燈光撒向柏油路面。

我現在正要前往位於附近的公園。

前往一座毫無奇特之處的平凡小公園。

我的目的是打一通電話。為了在今晚，將長年與我相伴、一部分的心切除掉。

——為了終結一段戀情。

就算放慢步伐，走到公園也花不了五分鐘。我將注意力轉向流經視野邊緣的景色，突然覺得自己好像正在從頭回顧與她一起經歷的數個季節。

從相遇時開始累積的高中時代記憶。分隔兩地生活的空白的時間。然後是今年這段始於冬天也歸於冬天的一輪四季。明明知道心緒會隨著回想膨脹擴大，最後演變成不可收拾的情況，但我還是無法自回憶中逃脫。

為了甩開它，我加快腳步，不久之後，我要去的公園就出現在視野裡了。在那邊稍等我一下。不要把我鎖在耀眼奪目的回憶裡。我現在就過去那邊，把之前沒有說出口的事情都解釋清楚……

但是，我還沒有到達那裡，世界就在我眼前消失了。住宅區在不知不覺間消逝，我一個人呆呆地站在黑暗中，身旁被躍馬及豪華的馬車包圍。輕快的音樂和華麗絢爛的燈飾刺激我的知覺，使我連現實跟幻想都無法區別。

——在那邊揮著手的是誰呢？我究竟是在哪裡看過這副情景的？

過了不久，乘載著數個季節的旋轉木馬就在我眼前繞轉了起來。

第一話

冬

紀念照片小考

1

冬子就快大學畢業了，所以我們決定在那之前去神戶遊玩。

我和她在八年前的高中一年級時認識。我們在入學時就是同班同學，後來不知道為什麼，即使經過兩次換班，直到畢業為止，三年都在一樣的教室生活。這畢竟是發生在一個年級就有四百多名學生，可分為十班的公立學校，所以要說我們的關係是難解之緣的話也不算誇張。雖然不能因此說是理所當然，但就結果來看，我們還是很快就打成一片，交情如細雪降下後形成積雪般，變得越來越親密。

我們的難解之緣並不是只體現在同班同學這一點上。她的名字裡有個代表最寒冷季節的字，叫作「冬子」；而我的名字則是與炎熱季節有關的「夏樹」。如果我是夏樹小姐的話，我和冬子或許就會成為彼此唯一的超級好朋友吧。而我之所以特別加上這句解釋，當然是因為我是夏樹先生。我們兩人之間有著性別這道無法跨越的隔閡，就如同夏天和冬天絕對不會依偎在一起。雖然有時會直接感受到這層隔閡的存在，但我和冬子相處起來還算融洽。

不過，我們也只有在多愁善感的十幾歲時能如此密切地來往。自從畢業離開位於家鄉福岡的高中，各自就讀不同大學，進入新的環境後，我們兩人的關係就像好不容易堆起的積雪迅速消融一樣，很快地疏遠了。冬子就讀的大學在神戶，我的大學則是在京都，如果有心想見對方的話，其實也不算太遠，但因為一直沒發生特別需要見面的事情，我們甚至沒有保持聯繫。如果借用冬子的名字來形容的話，可以說兩人的關係陷入了冬眠期。

既然是冬眠，就會有融雪的時候，而且還是在我以為高中時代累積的雪已經完全消融的去年夏天，突然地造訪。發生的契機是我的生日，根本不值得一提，總歸一句話，就是冬子久違地寄了簡訊給我。我們早就認識，一旦聯繫上了便很難再疏遠，再加上之後還透過電話等方式交談敘舊，轉眼間就恢復了原本的交情。

後來，我們終於在今年過年再次相見了。我已經從大學畢業，在全國都有分公司的企業任職，並派任到家鄉工作；冬子則是到國外語言交換而延畢一年，打算在老家度過學生身分的最後一個新年，所以我們那時都碰巧待在福岡。

那天晚上，我們兩人走進了價格定得良心十足的火鍋店，像是要一口氣解放累積在灰色天空的白雪般大談往事，還因為彼此說的玩笑話笑到身體不停扭動，並認真地討論了彼此的將來。我們談笑的情景跟以前一模一樣，那段比我們密切來往的時間還長的冬眠期彷彿不存在似的，唯一不同的大概只有擺在桌上的酒杯吧。我們聊得太開心，回過神來時已經錯過最後一班電車，只好待在卡拉ＯＫ的包廂裡等待首班車，但我記得我們當晚交談的幾千幾萬句話語裡確實存在著這一段對話：「神戶啊，早知道在念大學的時候就去那裡玩一趟了。」「現在去也可以吧？在我畢業前來玩嘛，我可以當導遊喔。」「真的嗎？那我要去！」

當然了，那時我只是隨口說說而已，既然已經在福岡工作，哪可能把這段話當真，冬子卻非常高興地拿出筆記本，開始列舉自己有空的日子。我本來就已經大學畢業，每隔幾個月就會造訪關西地區，所以也不是真的對她的提議感到抗拒。既然冬子提醒我一定要決定日期並聯絡她，那我也只能抱著「算了，就答應她吧」的心情接受了。

於是，我就這樣決定要去神戶遊玩了。這也是為什麼我會在今天，也就是二月的第一個星期一獨自坐在新幹線上的原因。

當我抵達新神戶車站時，時間已經逼近我們約好碰面的下午一點了。

我穿過驗票口，稍微往前走一段路，到達某個地點時，突然感覺到空氣的流動改變了。那是一種在陌生城鎮散步時，突然撞見似曾相識景色的感覺。

我馬上就察覺到，這是熟人注視的視線所造成的影響。我轉頭尋找來源，認出了站在車站一角會面點、倚靠在牆上的人影。

她穿著混了金絲線的白色針織毛衣，再套上一件黑色的羽絨外套。及膝的裙子是苔綠色，內搭褲則是灰色。以淺蔥色石頭點綴的項鍊在圍巾下若隱若現，低調地達到裝飾效果。

即使是八年前就認識的臉孔，在陌生土地上遇見時，還是會讓人感覺像是在無人島上發現自己以外的人漂過來，內心的感慨也更深了。冬子雙手插在羽絨衣的口袋裡，目不轉睛地直視著我。

「妳很壞耶，為什麼不叫我一聲呢？」

我邊這麼說邊走過去，站到還在裝模作樣的她面前，先跟她打了聲招呼。

「好久不見……這麼說好像也不太對喔。」

距離我們新年見面時也才過了大約一個月，要說是再會的話，間隔實在有點短。

我看到她輪流以雙腳為支點，身體左右來回搖晃著。下個瞬間，我的視野就被她遞過來的某個東西填滿了。

那是一支手機。螢幕上顯示著我在大約一小時前傳給她的簡訊內文。

「我現在剛經過小倉站。」

我頓時不知所措地往後退開。冬子像是要從陰影處探出頭來似地在手機後方歪起頭，說出了今天的第一句話。

「……必須『KISETSU』一下才行呢。」

2

——替**奇**妙的事件找到合理的**說**明[1]。

這個詞彙的起源，可以追溯至我高中上學的第一天。

我想起當時路旁的櫻花像是互相說好似地盛開，替通往校門的坡道染上了色彩。我交互移動因期待而變得輕盈的右腳，和因不安而變得沉重的左腳，抵達學校後，覺得這裡看起來好像是將無知入侵者吞進去，然後染成自己顏色的魔窟。

我從貼在樓梯口的班級人名表上發現自己的名字後，才終於有種自己可以待在這裡的感覺。雖然一路上沒有迷路，順利地抵達了教室，但當我拉開門時，整齊排好的桌椅有大概五成已經坐了學生，而他們全都在同一時間轉頭看向我，讓我心裡剎那間湧上了想逃回家的衝動。

每一張老舊的木造桌子上都貼著寫了學生名字的紙條。似乎是按照班級座號的順序，從面向黑板最左邊的那一排開始，再由前往後排下來的樣子。教室的左半邊是男生的座位，右半邊則是女生，大概是因為班級座號都是先從男生開始填吧。

明白編號的規則後，我又再次找起自己的名字，在正確的座位坐下。我吐出因為緊張而彷彿凝結的嘆息，不經意地看了右邊一眼，發現隔壁坐著一個女學生。

我馬上就察覺到她的樣子不太對勁。她的臀部緊貼著椅背，像是趴在桌上似地雙手伸直，稍微張開的雙腿也使盡地往前伸展。有點往下垂的側臉漲得通紅，臉頰微微抖動著。

「為什麼呢？真是傷腦筋啊。為什麼會變成這樣呢？」

我豎起耳朵一聽，發現她正這麼喃喃自語著。

我之所以向她搭話，絕對不是由於她擁有一張端正清秀的臉。我是後來才知道這件事，而且當時也沒有多餘心思觀察對方的容貌。

「怎麼了？發生什麼事了嗎？」

她抬起頭後，支支吾吾了好一陣子，大概是無法判斷突然找她說話的我值不值得信

1「替奇妙的事件找到合理的說明」這句子中，「奇妙」與「說明」的頭字日文念法分別是「KI」與「SETSU」。

任吧，但就算是如此，她也沒辦法憑外觀判別這點。最後她還是既害羞又吞吞吐吐地敘述起自己目前遭遇的窘境了。

「裙子……我制服的裙子今天早上突然變短了。」

我的視線比猶豫的情緒快了一瞬間，已經先看向她的大腿附近了。她的裙子長度讓膝蓋稍微露了出來，我並不覺得這樣的長度算是太短。不過，一旦和周圍的人相比，差異就顯而易見了。其他女學生都是坐在椅子上時膝蓋也會被裙子完全遮住，給人一種有點古板的印象。

「我明明慎重地量過尺寸，也試穿了做好的裙子，長度應該是剛剛好才對。而且我昨天也穿上去確認過了，當時明明還不會太短的，今天早上換衣服時，卻變成這樣的長度了。」

雖然她伸手拉扯裙子的下襬，但仍舊徒勞無功，裙子只有稍微增長一公分左右。

「怎麼辦？我聽說待會要拍班級照，到時候如果跟其他女生站在一起，老師一定馬上就會發現我的裙子比較短。我或許會被老師罵，說不定上高中第一天就被當成壞學生，哎……」

她越說臉頰越紅，頭又低了下去。

雖然要拍班級照這件事是第一次聽說，但對我來說終究只是件不足掛心的小事。不過，對她而言卻是件真的很重要的大事吧。

就幫幫她吧。我大概只是一時興起才會這麼想吧。

「我們得替這個奇妙的事件找到合理的說明才行呢。」

她聽到我說的這句話後，呆呆地張大了嘴巴。

「現在可以確定的事情，就是妳的裙子並不是依照妳的意思變短。但這又不是《鞋匠與小矮人》，用『在妳睡覺時變短了』來解釋應該說不通吧。總之，如果能弄清楚妳的裙子到底發生了什麼事，就算老師真的問起，只要說明整件事的來龍去脈，或許就能夠逃過訓斥了。」

「但是……你說要想辦法弄清楚，那究竟該怎麼做呢？」

「我們先釐清目前的情況吧。妳是在昨天什麼時候試穿？今天早上又是在什麼時候換上的？」

我一問，她便像在回想似地用手按著嘴邊，答道：

「嗯……昨天是在睡覺前試穿的吧。今天早上則是在即將離開家的時候換上的，就算察覺到不對勁也已經來不及了。」

無論是由於隔天就要開學、興奮試穿制服的心情，還是洗臉和吃早餐時都穿著睡衣、直到最後才換制服的生活方式，都尚未超出我的理解範圍。

「那就代表妳的裙子的確是在經過一晚後就變短了，而且在這段期間裡也沒有被拿到其他地方去。」

「嗯。它一直放在我的房間裡。我把它套上衣架，吊在牆壁的掛勾上。」

如果先將焦點著重在裙子變短的現象上，就會有兩種可能。為了剔除其中一個，我向她問道：

「裙襬的接縫或翻褶的布料邊緣變成什麼樣子了？」

簡單來說，我在猜她的裙子是不是被改短了。

她說她沒有將制服拿到其他地方去。如果裙子是在一個晚上被改短，做這件事的就是與她同居的人，而這個人如果不是擅長裁縫的專家，應該就是個外行人吧，所以我在猜接縫或布料剪裁的邊緣可能會出現沒有處理好的情況。

她明白我的意思後，便稍微動了動指尖確認裙襬，答道：

「很整齊喔。怎麼摸都像是專業裁縫師車的……啊，不過……」

「不過？」

「有一個地方好像鬆開了。果然還是有被改短過吧。」

「但是，接縫本身是整齊的，對吧？」

我總不可能要她掀開裙子內側給我看。

「這個嘛，感覺像是縫線斷掉，自然而然鬆開了。」

既然如此，果然還是另一種情況吧。不過我本來就已經從對話的細節察覺到那種情況的可能性比較高了。

「妳該不會……有個姊姊吧？」

我豎起食指指著她說道：

「她是從這間高中畢業，身高比妳再矮一點，而且現在應該還跟妳住在一起……」

「你為什麼會知道！」

她睜大了有著薄薄雙眼皮的眼睛。

其實只要冷靜下來好好思考，就應該會明白這並非什麼令人驚訝的事情才對。於是我決定先從裙子變短的現象開始說明。

「妳姊姊拿她以前的裙子，掉包了妳的裙子。大概是趁妳睡覺或吃早飯的時候偷偷換過來的。」

就算是穿過的舊裙子，只要原本的主人好好愛惜，也可能看起來跟新的一樣。不過縫線仍會隨著使用時間耗損，所以才會有一個地方鬆開了。

如果制服是在昨晚到今早這段時間內被調換的話，能動手的肯定是與她同居的人。雖然這一點並不能確定犯人一定就是身為裙子前主人的姊姊，但從知道已經不穿的制服現況等線索來看，我認為她的嫌疑很大。

順便一提，我是從「我聽說待會要拍班級照」這句話察覺出她有哥哥或姊姊的。我並不知道待會要拍班級照。雖然無法斷定她從哪裡得知這項資訊，但最容易想到的情況就是她有個曾就讀同一所高中的哥哥或姊姊。

「原來是這樣啊。可惡，萌萌香姊姊竟然……不過，她為什麼要做這種事呢？」

她露出恍然大悟的表情，但只維持了一瞬間就又疑惑地歪起頭來。萌萌香似乎是引起這次事件的姊姊名字。

「會不會是故意對妳惡作劇呢？妳們最近吵架了嗎？還是說感情本來就不太好？」

我試著舉出幾種情況，但她馬上就否認了。

「這是不可能的，我還覺得我們感情很好呢。」

「好到會一起去買洋裝嗎？」

「買洋裝？嗯，的確是會啦。姊姊是大學生，又對穿著打扮很囉嗦，會替我選適合我的衣服。」

既然如此，能想到的理由就只有一個了。

「妳姊姊會不會是希望妳在班級照裡穿得可愛一點呢？」

我一這麼說，她就愣住了：「班級照？」

「所謂的班級照，若換個角度來看，可說是會保存一輩子的東西。但是，如果在開學典禮當天完全按照學校規定穿制服，這樣去拍照的時候……」我一邊感到不好意思，一邊若無其事地看了周遭的女生一眼，然後湊到她耳邊輕聲說：「老實說，我覺得很土。」

看到長度足以將膝蓋完全蓋住的裙子，會覺得很呆板的人絕對不是只有我。我甚至可以斷言，現在那些按照規定穿著制服的女學生，有一大半都會在不久後就把裙子的腰頭往下摺。

「既然妳姊姊那麼希望妹妹穿得很可愛，甚至還自己幫妳挑衣服，那麼，曾經看到班級照裡的自己而覺得丟臉、不想要妹妹重蹈覆轍，也不是什麼奇怪的事情。但是妳姊又知道，直接建議妳摺裙子的腰頭沒有意義。大概是因為這樣做的話，就真的會被老師找碴，而且她也很清楚自己妹妹的個性老實到不會去做這種事吧。所以，妳姊姊所採取的做法就是：用計使妳穿上本來就比較短的裙子，強制讓妳以可愛的模樣去拍班級照。」

從教室桌子的排列順序來看，她的座號在女生中算是很前面的。雖然不知道拍班級照時隊伍會怎麼排，但她站在前列、會拍到裙子的機率很大。至少，和她姓氏相同的姊姊之前大概就是如此。

老實說，我自己也有一個姊姊，所以很清楚她們就是一種會想要做這類雞婆事的人。雖然對當事人來說往往是幫倒忙，又或者根本是添麻煩，但是把妹妹當成娃娃還什麼似的寵愛，就算是制服也希望她穿得很好看的想法，讓旁人看了覺得胸口充滿暖意。

她也明白這其實並非出自惡意的行為後，便露出了難以言喻的複雜表情。

「我想起來了。我姊姊曾經在不久前跟我說過，第一印象會對我在班上的立場……甚至是這三年的高中生活帶來重大影響。我當時說自己並不在乎那種事情，她卻一直激動地重複強調說剛開始的時候是最重要的。」

原來如此，不只是班級照，連她的高中新生活也全都管到底了啊。

「總之真相大白了，這樣不是很好嗎？如果之後拍照時老師要罵妳，就說不小心穿錯成姊姊的制服，我想這樣肯定就能逃過一劫了。」

「也對，謝謝你幫了我大忙……對了，可以告訴我你的名字嗎？」

她微微一笑，讓我不小心看呆了。這是個祕密。

「名字……這樣吧，互相稱呼姓氏也挺麻煩的，不介意的話就叫我夏樹好了。」

「哦，原來你叫夏樹啊。真巧，我的名字是……」

「是冬子，對吧？」

「你為什麼會知道！」

她喊出數分鐘前就說過的台詞，驚訝地睜大雙眼，但這件事不用問也知道。寫著她名字的紙條就貼在桌子上。

接下來要說的就是後話了。

那天晚上，冬子追問姊姊後，她招供的內容似乎和我提出的假設完全一樣。而冬子就此拿回自己的制服，雖然一開始還穿著裙襬較長的裙子，但過了幾個月就和周遭的人一樣都將裙子的腰頭往下摺了。這大致上也跟我之前所斷言的一樣。

萌萌香小姐看到這樣的冬子一定相當滿意吧。先不論她的策略帶來了多大的影響，冬子後來似乎和任何人都處得不錯，也沒有和哪個特定的小團體走得比較近，以隨心所欲的作風在班上建立了一定的地位。

3

「……KISETSU，聽起來好懷念喔。」

我忍不住笑了起來。沒想到她竟然能如此精準地領悟到我傳簡訊給她的用意。

自從在開學典禮那天和冬子交談以來，我們的交情基本上都是藉由試著說明奇妙事件而加深的。後來我們漸漸地把這種行為簡稱成「KISETSU」，只在我們兩人之間使用。因此，如果要套上漢字的話，這個字或許可以寫成「奇說」，但這樣就和原本的詞彙不太一樣，再加上它又和我們名字的共通點「季節」發音相同，所以在書寫時統一用羅馬拼音來表示[2]。這個字不僅用來稱呼解謎的行為，也用來指稱雙方在解謎過程中提出的假設，是個完全自創的詞彙。

認真說起來，這可以算是我們在高中生活裡玩的一種遊戲。只要發現言行舉止奇怪的人，我們兩個就會去想像其背後的真正用意是什麼，只要發生不可思議的現象，就去尋找原因，或者是由某一方出題，向另一方分享奇怪的事件。

我們有時候可以討論出答案，有時候不行，但我們沒有把重點放在答案是否與事實一致，而是著重在推導出符合邏輯的說明。不過偶爾也會碰巧說中真相，讓我們兩人不知不覺地沉迷於宛如踢足球射門成功的快感。

起初是迫於需求（就是裙子變短那件事）才開始的KISETSU，的確成為我們青春時代的一部分，替那段不知不覺流逝的日子增添了些許色彩。不過，那也只限於還待在高中的時候，所以我已經五年沒有說出KISETSU這個單字了。但冬子似乎還牢牢地記著我們兩人經歷過的各種KISETSU。當時的快樂彷彿復甦了，讓我喜不自禁。

當然了，我剛才傳的簡訊就是為了讓冬子感到不對勁而特別設計的。她一邊輕輕揮動右手裡的手機，一邊神情嚴肅地說道：

「一小時前收到『我現在剛經過小倉站』的簡訊時，還以為夏樹你會遲到呢。就算搭最快的新幹線希望號列車，從小倉站到新神戶站也要花費大約兩小時的時間。我差點就要晚出門了耶。」

哎呀，還真是驚險呢。

「結果夏樹你卻遵守了我們的約定，準時在一點的時候出現在新幹線的驗票口。我先確認一下，你應該沒有說謊吧？」

「那還用說，這是規定啊。」

如果遇到由某一方出題的情況，就必須遵守絕對不能說謊的規定。理由不用解釋也知道，要是出題的人說謊，那問題就無法成立了。不過，若是用不算謊言的詞彙積極地誘使對方誤會，例如故意稱寵物為「家族成員」，讓對方誤以為是人類的情況，就不算犯規。

「這封簡訊就是給我的挑戰書囉？夏樹究竟是怎麼在經過小倉站後只花一小時就抵達新神戶站的呢？若換個說法，就是要從小倉站到新神戶站的話，有沒有比搭新幹線希

2「季節」的日文發音也是「KISETSU」。

望號列車還快的方法。不過，簡訊雖然寫著『剛經過小倉站』，但並沒有寫『我搭的是新幹線』。而且認真說起來，因為新幹線一定會在小倉站停車[3]，所以不太可能用『經過』這個字吧。」

就算不寫成「已經到」小倉站，最起碼也該寫成「離開」小倉站才合乎常理。她想表達的似乎是這個意思。

著眼點選得不賴。應該說我甚至想稱讚她能無視五年的空窗期。我們很久沒有KISETSU了，她這樣子一句話就說中重點，不僅精采可期，對出題者而言也算是莫大的光榮了。

我原本這麼想，但冬子接下來就開始往錯誤的方向暴衝。

「也就是說，夏樹你不是搭新幹線經過小倉站，而是搭飛機從上空通過的！你用這種方式先從福岡機場飛到神戶機場，然後再移動到新神戶站，買了進站用的車票，穿過新幹線的驗票口，裝出一副自己剛搭乘新幹線抵達這裡的樣子。我說的沒錯吧！」

冬子猛地朝我豎起了食指，看到我啞口無言後，就得意地哼了一聲，揚起下巴。

「你好像因為看到我的功力完全沒有退步，驚訝到說不出話來了呢。」

我瞇起眼睛看著她。

「妳還是老樣子，只有自信不輸人呢。總之先收起手指吧。」

冬子頓時慌了起來，但仍舊用顫抖的指尖指著我。

「說、說我只有自信不輸人也太沒禮貌了吧！我明明還有很多比別人強的地方……不對，你說，我的 KISETSU 到底有什麼問題？」

「首先，福岡機場和神戶機場之間沒有直航班機。雖然以前好像曾經有過，但現在已經沒在飛了。」

「這、這我哪知道啊……啊，你是搭到伊丹機場嗎？如果你在下飛機後從新大阪站搭到新神戶站，那就的確是搭新幹線過來的吧？」

「不可能。從伊丹機場搭公車到新大阪，沒記錯的話需要二十五分鐘吧。如果還要搭大約十五分鐘的新幹線抵達新神戶，連轉乘之類的時間也加進去的話，就要花上將近一小時了。」

「不過，從福岡搭飛機的話一下子就到大阪了，就算說『現在剛經過小倉站』會有一點誤差，也還在容許範圍內吧？如果你是因為降落的時間快到了才傳剛才那封簡訊的話……啊！」

冬子終於收回了食指。她似乎發現自己犯下一個最基本的錯誤。我抱著胳臂，反過

3 小倉站為北九州市的中心車站，新幹線中的山陽新幹線各級列車在該站也皆有停車，是主要轉運站。

來用洋洋得意的態度說道：

「首先，透過電話線路傳輸的簡訊根本就不可能在飛機上發送出去。如果我是降落在機場後才送出『我現在剛經過小倉站』的訊息，無論我當時是在神戶還是在伊丹，都算是說謊吧。而我當然沒有做那種事，也遵守了不說謊的規定，所以冬子妳想的辦法是不可能出現在現實裡的。」

但冬子仍舊不服氣地噘著嘴唇。既然她不肯輕易死心的習慣和以前如出一轍，那從另一個角度來看，的確可以說是功力完全沒有退步。高中的時候她就經常在KISETSU的過程中提出自相矛盾的論點，然後每次都被我糾正。

如果不是搭飛機的話……冬子好像也有稍微考慮到這個可能性的樣子。但是，如果往這個方向去想的話，基本上是不可能找到正確答案的。她最後只能這麼跟我說：

「……我投降。告訴我究竟是怎麼一回事吧。」

我們預定要搭乘神戶市的市營地下鐵前往三宮。我便趁著搭手扶梯前往地下鐵驗票口的時候向她說明了謎底。

「沒什麼大不了的，由於難得要來關西，其實我在週末時就已經抵達這裡，然後先去奈良了。」

「咦？奈良？」

「我有個大學同學住在奈良。那個人大學時都是在縣內的老家和京都之間通勤，目前則獨自住在奈良市工作。我到昨天晚上都是住在那個人家裡，今天早上才從近鐵[4]的大和西大寺站出發來到這裡。」

我之前在京都就讀的大學裡有許多來自鄰縣奈良的學生，因為交通方便，從老家搭電車通勤上學的大有人在。此外，大和西大寺站就位於奈良市內，也是好幾條近鐵路線都會停靠的交通樞紐，周遭住了很多利用這些路線通勤的人，而我的大學同學就是其中之一。

冬子以恍然大悟的口吻說道：

「所以你才會約星期一啊。我一直在想為什麼夏樹要特地請特休呢。」

冬子是快要畢業的學生，時間比較好配合，平日的話也更能悠哉地逛。基於以上原因，我在決定日期時主動表示希望能選擇星期一。因為只能請一天特休，今晚就必須回福岡，這件事我也告訴過她了。

「不過，夏樹，你帶的行李很少耶。」

「要是我提著大包小包，妳就會知道我不是當天來回了啊。我把行李放在借住的同

4　近鐵：近畿日本鐵道的簡稱，是日本擁有最長路線網的大型民營鐵路公司。

學家了。也跟對方說我會再過去拿。」

「哦，竟然做到這種地步……但我還是不太懂耶。」

我們搭乘最後一段手扶梯向下時，冬子喃喃說道：

「如果你去了奈良的話，就更不可能在那個時間經過小倉站吧？」

「因為妳說的是另一個小倉站。」

就算我告訴了她答案，她仍舊疑惑地歪著頭。

「在近鐵京都線的大和西大寺站和京都車站之間也有一個小倉站。它就在宇治市內，如果搭快車的話就會經過不停。從那裡到京都車站大概要十五分鐘；從京都到新神戶的話，搭希望號列車是三十分鐘，再加上轉乘的時間，我大約花了一小時來到這裡。」

如果是住在沿線的人，就算看到我傳的簡訊也肯定不會覺得奇怪。但冬子和我一樣都是來自福岡，我早已預料到她只要看見「小倉」這兩個字就會自動認為是指福岡的小倉。而這起「奇妙的事件」就是利用她先入為主的觀念製造出來的。

話說回來，和不搭新幹線，全程搭電車的最短路線相比，我今天早上選擇的交通路線只能節省大約十五分鐘的時間，車資卻貴了三倍以上，是個不太實用的方法。而且如果不搭新幹線去新神戶的話，就一定得在三宮站轉搭地下鐵，所以要是我一開始就跟她約在三宮站碰面，還能夠節省更多時間。換句話說，我所做的事情完全是在浪費交通費。

不過，這對我來說並不重要。當我在與冬子決定碰面地點時察覺到相同的站名可以用來製造奇妙事件的瞬間，我的腦中就只想著要如何讓這件事成立了。然後因為冬子也很配合，我們才能在相隔五年後讓 KISETSU 這個名詞復活。

「哎唷，這種事情誰會知道啊！」

冬子伸了個懶腰，穿過地下鐵的驗票口。我也仿效她拿出通用ＩＣ卡，放在自動驗票機上感應，但是……

閘門猛然關上，電子音效叮咚叮咚地刺進耳裡。

「糟糕，我忘記了。」

「嗯，門關上[5]了。」

「不對，我說的不是那個。我必須去儲值一下。」

我拋下隔著驗票口跟我裝糊塗的冬子走向售票機。我在京都車站要搭新幹線前就注意到ＩＣ卡的餘額已經不夠，但因為要趕時間轉乘，就先放棄儲值了。

就在這個時候，我聽到下方傳來了電車進站的巨響。從電子看板顯示的預定到站時間可以得知，那應該是我們預計搭乘往三宮的電車。

---

5 日文中，「糟糕」和「（門）關上了」念法相同。

我明明急得要命，售票機的反應卻出奇地慢，根本不可能趕得上即將進站的電車。

我愧疚地嘆了口氣，轉頭望向站在驗票口內側的冬子。

「抱歉，冬子，我們搭下一班車……咦？」

我看到冬子人在通往月台的樓梯，只露出上半身地微笑著對我揮手。然後就這樣直接下樓走向月台，消失在我眼前。

——看來那傢伙還在對KISETSU沒有成功的事情懷恨在心。

除了自信之外，冬子還有一個不輸人的地方，那就是天生不服輸。明明每次講出來的KISETSU都不合邏輯，卻會因為自己心情不爽而做一些幼稚的事情洩憤。

當我儲值完畢走到月台時，已經看不見冬子的人影了。沒想到她竟然真的丟下我不管。多虧了她，在等待下一班電車到來的那幾分鐘，還有上車後距離三宮只有短短一站的乘車時間裡，我都只能獨自與滿心的無奈奮鬥。

4

「所以我們接下來要去哪裡？」

在三宮站的驗票口會合後，我對冬子這麼問道。她說要當我的導遊，我便接受她的好意，將今天的行程全交給她安排了。

「這個嘛，先去中華街好了。」

冬子如此回答並邁步往前走。聽她的口氣就知道，她應該沒有很認真地規畫行程。但我很了解她的個性，所以也不以為意。

好像在日本全國的各個都市都看得到的拱頂商店街裡，我們穿過服飾店和餐廳，走進了大型百貨公司和辦公大樓林立的鬧區。和我熟知的福岡、京都街景相比，其西方風格的外觀帶給我一種簡潔講究的印象，與我心中先入為主地認為神戶是個高雅城市的看法不謀而合。

我們走了大約十五分鐘，到達名叫南京町的地區。一穿過夾在具現代感大樓中間的牌坊，周遭氛就為之一變，街道兩旁排列著大量使用紅色或黃色等色彩點綴裝飾的中國風建築，光是邊逛邊瀏覽四周，就讓人覺得彷彿置身於國外，非常有趣。

冬子說她要在這裡買豬肉包子，而她要去的那間店據說很有名，就位於聳立著石像和涼亭的廣場旁邊。我們走進店裡，發現不只最深處有個點餐用的櫃台，整層樓還設計得跟餐廳一樣，似乎也可以在這裡內用。

「請給我四個豬肉包子。」

既然她特地帶我來這裡，應該不是第一次光顧吧。冬子熟門熟路地點餐，從店員大叔的手中接過了商品。為了節省時間，我決定享受邊走邊吃的樂趣，便跟冬子要了兩個比手掌還小的豬肉包子。

中華街並沒有很長，走到底之後就很靠近港邊了，強勁的海風一直吹往身上。熱呼呼的豬肉包子這時最適合代替暖暖包了。我雙手捧著包子享受著溫暖，送到嘴邊咬了一口，肉汁立刻在嘴裡擴散開來。

「這個好好吃喔。」

我誠實地說出感想後，冬子便得意洋洋地說：

「是吧？所以我才會想讓夏樹也吃吃看嘛。」

「光是能吃到這個，來神戶就值得了。」

「如果你因為這樣就滿足的話，那我就沒必要當導遊了啦。」

接下來我們朝港口前進，來到了美利堅公園。我們一路經過模仿跳舞鯉魚的雕塑「魚舞」、畫滿塗鴉的地標「紫陽花之鐘」、外型長得像一艘大船的神戶海洋博物館和神戶港口塔等等，緩步遊覽足以代表港口都市神戶的幾個景點。海邊的風格外寒冷，冬子說眼睛被吹得很痛，不停地掉眼淚。

當我們踏進臨海馬賽克廣場時，已經是下午兩點半了。

臨海馬賽克廣場是有著服飾店、餐廳、電影院和占卜店等各種商店的購物商場。記得我還在念大學時大家都稱它為神戶馬賽克廣場，但這幾年好像已經和周遭的設施統合，所以也換了名稱。

我們從一樓的停車場前往二樓。仿造西方城市街角的時髦小徑到處擺著種了花草的花盆和木製長椅。每間店鋪的門都面向小徑，要在店鋪間移動的話就必須走到店外。我一邊抬頭看著蔚藍的天空，一邊慶幸風雖然很冷，但至少沒有下雨。

我們只看不買地逛了好幾間店，慢慢走向小徑深處。冬子在途中走進一間雜貨店，買了一個綁頭髮的髮圈，似乎是受不了走路時及肩頭髮隨意披散。當我們從橫越頭頂的通道下方穿過，來到朝海邊向外延伸的露台時，看見了意想不到的東西。

「……這麼說來，現在的確是會出現這東西的季節呢。」

露台的正中央豎立著裝飾得很可愛的粉紅色大樹，以樣式樸素的長椅將樹根周遭圍起來，還在靠近我們面前的這一側掛了一個寫著「Happy St. Valentine」的牌子。

「這棵樹在聖誕節的時候也會出現，是重複使用的。」

冬子小聲地說出了很掃興的話。

我們在走到這裡之前都沒有停下腳步，便不約而同地都找了張長椅坐下來休息。大樹剛好可以擋住海風，不會覺得寒冷。宣告貨船出航的汽笛在遠方雄壯地響著。

「所以，妳那邊後來怎麼樣了？」

冬子聽到我的詢問後愣住了，「什麼事？」

「就是情人節啊。妳找到送巧克力的對象了嗎？」

「這個嘛，你說呢？」

她轉頭望向什麼也沒有的地方，試圖蒙混過去。如果真的沒有對象的話，應該會老實地說「沒有」才對吧。但我沒辦法再深入追問下去。

——這是新年時我在福岡的居酒屋和冬子見面的時候發生的事情。

她說之前交往過的男性一直纏著她要求復合，讓她很困擾。而打從高中時代起我就經常陪她商量戀愛方面的煩惱。

「我們之所以會分手，是因為他說了一句很沒大腦的話。」冬子語氣火爆地說道，明明不太會喝酒，卻一口飲盡了手上的燒酒威士忌摻汽水。

「沒大腦的話？」

「是去年春天我在找工作的時候發生的事啦。我啊，最後雖然得到了理想公司的錄取資格……」而且還是規模擴及全國的知名企業，她繼續說道：「但和周遭的朋友相比，我還是花了相當長的時間才決定要去哪裡上班。雖然這是很常見的事情，但我卻覺得好像連人格都被否定了，心情相當低落，就找男友訴苦了一下。」

她口中的男友好像是比她大一屆的大學學長。當冬子忙著找工作的時候，他已經進入研究所就讀了。換句話說，他並沒有找工作的經驗。

「結果妳男友說了什麼？」

「……他叫我不要找自己沒本事做的工作。」

那真的不太好。我也經歷過找工作的時期，可以體會冬子的感受，當時的她最需要的應該是可以肯定和接受自己的存在才對。但那個男友說的話不僅沒辦法成為冬子的內心支柱，還只會反過來打擊她的自信。

「我其實也不是不知道自己有需要再努力的地方。但是就算想激勵我，也不應該用那種說法吧？就算意思差不多，但如果他說的是『妳一定可以找到更適合妳的工作』，那我應該還有辦法跟他說句謝謝。可是他卻說什麼『不要找沒本事做的工作』，這也太過分了吧？所以我就氣昏了頭……」

當回過神來時，已經不由分說地提出分手要求了。

「交往了近兩年，最後竟然是因為這種小事而分手，也讓我滿感慨的。但我明白他認為我的本事只有這點程度後，打從心底對他感到失望，因此我一點也不後悔分手。結果他現在竟然說想要復合，到底在想什麼啊？我怎麼可能再回去當他的女朋友啊！」

可能也是喝醉了放得比較開吧，冬子一副怒氣衝天的樣子，我則邊點頭邊附和她：

「沒錯沒錯。妳絕對不可以跟他復合。」

「不可以復合！」

我們兩人舉起手中的玻璃杯碰在一起，「鏗！」地發出尖銳的聲響。

——那段關於情人節的對話就是根據以上經過而來的。

「天氣真好呢。」

冬子硬是轉換話題的樣子看起來很刻意，但我順著她的話抬頭往上看，發現這裡的天空比剛才還要無邊無際，而且萬里無雲，相當晴朗。雖然我會開口詢問冬子，但她並不會回問我類似的問題。她總是對我的感情狀態表現出一副毫無興趣的態度。

來自背後的海浪聲聽起來相當悅耳。但就在這時，突然有一道人聲混在其中傳了過來。

「不好意思，能請你們幫忙拍張照嗎？」

我還沒轉過頭，聲音的主人就出現在視野裡，是一名男性，正伸出手想將手機遞給我們。

他的年齡應該是四十歲左右。留著往後梳齊的短髮，臉型方正，戴著銀色細框眼鏡。身材高大的他穿著灰色西裝和米色大衣，提著看起來很厚實的公事包。就像是隨處可見的上班族。

從他所在位置往下走幾步的地方，站著一名身材嬌小的女性。她看起來和男性年紀差不多，黑色大衣底下穿著款式統一的高雅奶油色服裝，脖子上戴著一串珍珠項鍊，腳上則穿著黑色的包鞋。她一隻手拿著手提包和淡綠色的紙袋，另一手則拖著小行李箱。

「我們想拍一張能把海對面的那間飯店也拍進去的照片。」

男性所指的是一棟如山丘從海面探出頭般聳立在對岸的半月型豪華建築物。我在美利堅公園漫步時聽冬子說過，這間飯店也是神戶的代表性景點之一。

我接過了手機，從長椅上站起來，以鏡頭正中央是壯觀的大樹，旁邊則是飯店的角度舉起了相機。但這對男女卻往旁邊移了幾步，顯然想避開那棵樹。

「啊，我幫你們保管行李吧。」

冬子迅速地走上前，女性一臉抱歉地把紙袋和手提包交給了她。男性則舉起手掌對我表示拒絕。

「這個角度的話，飯店可能會因為反射西邊的太陽光而沒辦法照得很好看……」

我看著手機的螢幕，姑且先含蓄地表達了我的想法。但男性似乎沒有聽到，他一直東張西望，不知道在喃喃自語什麼。我們之間有段距離，我聽不清楚他說的話。

「那個，既然都來到這裡了，要不要在那棵樹前面照相呢？」

我再次建議那兩個人，這次是明確地希望他們站在樹的正前方。我認為不論是從西邊太陽的角度還是照片的構圖來考量，都是站在那邊拍會比較好。但是……

「不，在這裡就可以了。」男性再次明白地表示拒絕，兩個人都堅持不移動位置。我拿他們沒辦法，只好不停移動手機尋找適合的角度。

「那我要拍囉。來，笑一個。」

我手上的手機響起模仿快門聲的音效，拍下了照片。兩人看起來有些僵硬的笑容令我印象深刻。

我把手機還給男性，請他確認拍好的照片有沒有問題。然後他就露出溫柔的笑容對我說：

「謝謝。」

我忍不住想，剛才拍照時他為什麼不露出這種表情呢？

男性讓女性看過手機裡的照片後，女性就從冬子手上接過請她保管的行李，恭敬地向我們行禮道謝。兩人準備離去時，女性留下了這句話：

「真是抱歉，打擾了兩位約會。」

冬子揮揮手跟她說「不不不」，但她想否定的究竟是「打擾」還是「約會」呢？

「好像變冷了耶，我們去咖啡店喝點東西吧。」

冬子完全沒有提起剛才發生的事情，只向我如此提議，而且不等我回答就走進了面對著露台的咖啡店。

因為是星期一的下午，店裡只零星坐著幾個客人。店員替我們安排的是位於窗邊的小沙發座位，設計上是讓我和冬子兩個人並排坐著、面向窗外，可以將港口的風景盡收眼底。當我正讚嘆著眼前的美景時，冬子在一旁喃喃自語地說：

「我們好像又被誤認為情侶了呢。」

原來如此，因為這種座位一般都是稱為情侶座位的吧。

我們點了兩杯熱咖啡，還有冬子擅自幫我決定的兩人份起司蛋糕。等到店員走遠後，她這麼說道：

「剛才請你幫忙拍照的那兩個人是不是也是情侶呢？」

「情侶？不是夫妻嗎？」

冬子沒有回答，一直沉默地注視著大海。

過一會兒，我們點的東西送來了。我看到放在白色餐盤上的起司蛋糕後大為驚愕。

「這是什麼？」

那東西完全顛覆了起司蛋糕的概念。融化的起司放在軟綿綿的海綿蛋糕上，浮起許多小泡泡，還流到了餐盤上。雖然要稱呼這個明顯帶有熱度的食物為蛋糕也不是不行，但它的外表讓我覺得與其說自己在吃甜食，倒不如說像是在吃飯。

「看起來很好吃吧？這是神戶的名產，觀音屋的丹麥起司蛋糕喔。我一直想讓你吃吃看。」

這是我今天第二次聽到這句台詞。她臉上的得意表情也和剛才如出一轍。

我用刀子切下一小塊蛋糕，送進了嘴裡。濃郁的起司香味和海綿蛋糕的清爽甜味搭配得天衣無縫，口感與我之前吃過的起司蛋糕完全不同。也難怪冬子會想推薦給我吃。

「好好吃喔。能吃到這個，來神戶就值得了。」

「等一下，你只會說這句話嗎？這樣子我真的沒必要當導遊了嘛。」

身為拜託她當導遊的人，我實在不好意思回她「妳自己不也說了同樣的話嗎？」

我們一下子就把直徑不到十公分的圓形蛋糕吃完了。冬子擦著嘴，輕吐了一口氣：

「接下來……」

「我們該走了嗎？」

雖然我這麼回答她，但其實還想悠哉地在這裡坐一陣子。

不過，冬子好像也不打算從這張坐起來很舒服的沙發上站起來。她工整地摺好用過的紙巾，放在餐桌上，接著大聲對我宣布：

「……必須『KISETSU』一下才行呢。」

5

「KISETSU啊……」

「像夏樹這樣的人都不會說什麼『妳指的是什麼事？』呢。」

我不知道冬子為什麼要這樣瞪我，但說到奇妙事件的話，我倒是心裡有數。

「妳說的是紀念照的事情吧？那兩個人為什麼不想站在情人節樹面前。」

「沒錯。」

冬子滿意地露出微笑。

「雖然我已經大致明白原因了，不過那棵樹……」冬子指了指那棵雖然離我們有點距離，但隔著窗戶還是看得見的樹，「原本就是為了要讓人一起站在前面拍照留念才設置的。剛才我應該已經解釋過了，男人說要拍進照片裡、那間形狀很特別的飯店，也是代表神戶的景觀之一。換句話說，這個露台是個拍照留念時能以飯店為背景的絕佳地點。所以在設置那棵樹的時候當然也考慮過要如何在不會擋到後方景觀和襯托拍照的兩人之間取得平衡。不過，那棵樹還有別的作用。」

看樣子，就算只是擺一棵樹也有很多細節要注意。

「其實那棵樹還有一個功能，就是完全遮住後方的高樓群。難得能以美麗的港口為背景拍照，要是因為單調乏味的高樓而顯得不夠完美，會讓人很失望吧。這棵樹的作用就是巧妙地讓那些東西不會出現在照片上。」

「總而言之，冬子妳想說的是：只要站在樹的正前方拍照，就能得到一張由樹、被拍的人、代表神戶的景觀與海洋所組成、配置絕妙的最佳紀念照，對吧？」

「沒錯！」

冬子連舉起大拇指的動作也充滿了力道，由此可見那對男女的行動在她眼裡有多麼奇特。

「不過，我們剛才其實也聊過了，那兩個人不見得一定就是情侶吧？如果只是認識的朋友，或許也會想在拍照時避開那棵情人節樹啊？」

「那如果夏樹你想和我拍紀念照的話，也會刻意避開那棵樹前面嗎？」

我沒想到她會問得如此直接，心跳不小心漏了一拍。

「呃，這個嘛，應該不會避開吧，我想。」

「就是說嘛。一對正常的男女哪會誇張到就算拒絕拍攝者的建議也要避開那棵樹啊。還有，那名女性既然拖著行李箱，基本上就可以知道她是從遠方來的。他們都要拍紀念照了，這點應該毋庸置疑。然後是那個綠色的紙袋。」

「妳知道裡面放了什麼嗎？」

我回想冬子從女性手上接過紙袋的模樣，一邊問道：

「裡面有個扁扁的箱子。雖然只能看到最上面的圖案，但是用和紙包裝，隱約可以看見印在盒子上的茶舖標誌。說到綠茶，那不就是送禮的不二選擇嗎？這一點也可以證實那位女性的確是從遠方來的。」

雖然我很好奇神戶市近郊是否真有知名的茶舖，但那應該只是我不知道而已吧。正如冬子所言，大家送禮的時候幾乎都會選擇綠茶。

「既然如此，無論這兩個人是一起來到神戶，還是女性來拜訪住在這裡的男性，都可以推測出他們的關係十分親密。也就是說……」

冬子牢牢地盯著我的眼睛說道：

「這兩個人之間有著站在樹前面拍照也很正常的關係。」

看樣子她非常有幹勁。就這麼想替「小倉站」那件事雪恥嗎？

先不論事實為何，冬子到目前為止提出的推論都還算是合乎邏輯。在進行「小倉站」KISETSU時的著眼點也一樣，看起來都表現得很不錯。以前的冬子動不動就在進行邏輯思考時加入浪漫的妄想，無所顧忌地發表論述錯誤百出的KISETSU，結果每次都被我揶揄「只有自信不輸人」。原來她在這五年裡也是有些成長嗎？

當我正沉浸在感慨的情緒裡時，冬子又接著說道：

「所以我想到了一個可能性。」

「可能性……妳已經完成KISETSU了嗎？」

「要是每次發現奇妙的事情，夏樹都一下子就說中答案的話，豈不是很無聊嗎？我才會先自己歸納出結論後再跟夏樹說。」

看來她之所以拖到剛剛才聊起這件事，背後還有如此考量。

「總而言之，妳先說說看吧。」

「沒問題。首先，女性從遠方而來這一點我剛才解釋過了。不過，我覺得男性應該是在這附近工作的人。」

「妳的根據是什麼？」

「就是服裝啊。男性不僅穿著西裝，手上還抱著公事包。這看起來不像是私下會做的打扮吧？而且，今天不是星期一嗎？雖然不能一概而論，但今天要上班的人的確比較多吧？」

她說的話感覺相當正確，足以讓人自然而然地點頭認同。

「另一方面，雖然這也不能一概而論，但和男性相比，我認為能在平常的上班日自由行動的女性還是多了一些，而這點從那名女性的穿著也看得出來，她雖然打扮得還算正式，但與其說那是上班穿的衣服，不如說更類似外出時穿的正式服裝吧。所以結論就是：那名女性可能是男性的前女友，或者是以前外遇的對象。」

……喂，我聞到一股浪漫的味道囉。冬子的眼裡浮現了危險的光芒。

「她和男性分手後，就一直默默地忍受著寂寞的煎熬，但今年冬天的寒冷讓她累積許久的感情終於爆發。坐立難安的她來到了男性居住的城市，很不巧地，她並不知道他家住址。在無可奈何之下，明知道這樣做很失禮，她還是跑到了男性工作的地方，跟他說就算只是談談也好，請給她一點時間，最後成功地把男性帶出來了。」

我揉揉眉間，「妳有證據嗎？」

「有喔。就是他們在夏樹你按下快門的瞬間露出的表情。你也看到了吧？」

「嗯，看到了。他們臉上帶著不知道該怎麼形容的詭異表情。」

「如果他們以前曾是情侶，那彼此心情都很複雜也是可想而知的吧？而且，不管是在要求我們幫忙拍照，或是在拒絕站到樹正面的時候，握有主導權的都是那名男性，女性始終縮著身子站在後退一步的地方。雖然她的處境的確很可憐，但男性現在已經擁有圓滿的生活了，他一定覺得相當困擾。如果在那種樹前面拍雙人照，很有可能會被人誤會。男性會不會是這麼想的呢？」

明明不排斥和過去交往的女性拍照，卻想避開那棵樹，這到底是什麼心態啊？如果用比較善意的角度來解釋的話，或許有可能是因為女性想在最後留下一點紀念，便以不再糾纏男性為由強迫他和自己拍照，所以男性心想「只是拍個照還好」，就妥協了吧。

但就算考慮到這些，她的推論還是太牽強。所以就算冬子像是在問「怎麼樣？」似地盯著我的臉，想觀察我會有什麼反應，我還是只能如此回答她：

「……妳真的只有自信不輸人呢。」

「你很沒禮貌耶！」冬子突然「碰！」地拍了一下桌子，「那夏樹你又是怎麼想的？」

既然我否定了她的話，那不表示一些我的論點就說不過去了。於是我決定在此時公開一個隨著咖啡因在體內巡遊而浮現於我腦中的想法。

「會不會其實是相反的情況呢？」

「相反？」

「也就是說，從遠方來的並不是女方，而是男方。」

冬子蹙起了眉頭。我心想「這樣會長皺紋喔」，沒有說出口。

「你可以再解釋得清楚一點嗎？」

「我的意思是，那名男性愛慕著那名女性啦。他這次剛好有機會來到神戶，就利用行程的空檔拜訪他所愛的那名女性。」

「你沒有聽到我說的話嗎？拖著行李箱的是女方耶。」

仍舊不改對抗姿態的冬子提出了反駁，而我則從正面迎擊。

「妳試著想像一下嘛，一名男性如果右手拿著公事包，左手又拖著行李箱和紙袋，無論是誰都會體諒他一下，問他要不要把其中一隻手上的東西給自己拿。」

「有人會讓女性幫忙拿行李嗎？更何況，如果根據夏樹你剛才說的話，那名女性是男性所愛的人吧？」

「說不定正因為是愛慕的人所展現的溫柔，才更沒辦法拒絕啊。如果地面沒有高低差的話，拖個行李箱並不算是很大的負擔，而且只要把手提包或紙袋放在上面一起拖就行了。這樣子最起碼會比讓她拿那個看起來很厚實的公事包來得輕鬆才對。」

但冬子聽完後還是不肯放棄。

「那他身上的西裝又要怎麼解釋？還有他的工作呢？」

「把這些全統合起來思考一下，答案不就呼之欲出了嗎？他是來神戶工作的，也就是所謂的出差。」

如果喜歡的人就住在自己必須造訪的城市，先不論可能性如何，會想藉此見對方一面應該是人之常情吧。

「認真說起來，如果那名女性是從遠方而來，那看到她拖著行李箱，就可以確定她打算在這裡留宿了，所以根本不需要特地選擇在很不方便的上班時間見面，只要在男性的公司外面等他下班就好了。不過，如果過來找人的那一方是正在出差的話，情況就不一樣了。光是要擠出短短的空檔見面就已經很勉強了，要是被公司發現的話，事後一定會演變成很棘手的問題，不是嗎？」

「聽你這麼一說，好像也沒錯……不過，如果是這樣，那他們究竟為什麼要避開樹呢？」

冬子好像終於開始因為我主張的論點而動搖了。她看也不看眼前的海面浪頭閃閃發光的景色，十分認真地思索著我和她的推論哪一個比較貼近真相。

「我想那應該還是因為其中一人正在出差的關係。妳也看到掛在樹正前方的牌子上寫了什麼字吧？」

「是『Happy St. Valentine』吧。」

「要是照片裡出現這行字，別人一看就知道這是在什麼時候拍的了。如果好死不死讓公司同事看到照片，對方馬上就會發現那是發生在這次出差時的事情。對那名男性來說，會造成相當大的麻煩。但如果那張照片沒有拍到樹的話，他還能辯稱那是他私下去神戶時拍的照片。」

「原來如此，我完全明白了。」

冬子語帶佩服地說道，把好像還沒喝完的杯子拿到了嘴邊。嗯？這次倒是意外地老實嘛。這也是她在五年裡有所成長的證據嗎……腦內一瞬間閃過如此想法的我實在太天真了。

「這次是我贏了。」

我一時反應不過來，愣住了。

在被冬子拿起的杯子後方，我看見她不懷好意勾起的嘴角。

「為……為什麼啊？我在否定妳的KISETSU同時，不也說明了為什麼我的想法最合理嗎？」

我的態度因為事情的發展出乎意料而產生動搖。冬子則很愉快地欣賞著我的反應。

「嗯，你的論點還滿有趣的喔。不過很可惜，你剛才說的是錯的。其實我還藏了一張最後的王牌。」

什麼？

「妳故意隱瞞情報嗎？這樣不公平吧？」

「隨便你怎麼說吧，我只是在報剛才KISETSU的仇而已。」

她用得意洋洋到感覺有點虛假的口氣說道。

我不由得想嘆氣。老實的冬子是不可能存在於這世上的。那麼不服輸的個性，怎麼可能光靠短短五年的時間就矯正過來。

「我知道了啦，快點說給我聽吧。到底是什麼王牌？」

「這個嘛，夏樹你雖然推測那名男性是從遠方而來，但他的確是在這附近工作的人喔。從這裡的產業結構來看……我想他可能是在貿易公司上班吧。」

「妳描述得很具體呢，這是為什麼？」

「因為人家不小心聽到了嘛。」

冬子揚起下巴，裝腔作勢地說道，那神氣的模樣簡直就像是一隻朝著搆不著的葉子狼狽伸長脖子的長頸鹿。但如果告訴她的話，她可能真的會以為我不服輸，所以我並沒有說出口。

「夏樹你拿著相機準備拍照的時候，一直很介意光線的問題對吧？像是『飯店會反射西邊的太陽光』之類的。」

那時因為一開始的拍照角度會讓飯店反射西邊的陽光，沒辦法拍得很好看，所以我的確曾試圖將這件事告訴那對請我拍照的男女。

「其實那名男性聽到夏樹的提醒後，低聲說了一句話。」

「啊，這麼說來的確是有這麼一回事。但我沒有聽清楚他說了什麼。」

「但站在附近的我倒是聽得很清楚喔。所以我才能很肯定地說，那名男性上班的地方是這港灣附近為數眾多的公司，因為那些公司平常都會使用英語交談。」

「英語交談？他究竟說了什麼？」
結果冬子先是賣關子似地停頓一下，然後才豎起食指公布了答案。
「那個人啊，是這麼說的。『Sun在哪邊？』……也就是『太陽在哪邊』的意思。」

6

平常就很頻繁使用英語的人，真的會無意間在日常對話裡也夾雜英文單字嗎？對曾到加拿大語言交換一年的冬子而言，這是一個能以親身經歷來回答的問題吧。既然她主張事情就是如此，那不擅長英語對話的我也沒什麼立場反駁了。
「因為夏樹你很在意陽光反射的問題，他才會想要確認太陽的角度喔。怎麼樣，夏樹，現在你明白這是貿易興盛的港口都市才能使出的王牌了吧？」
冬子的氣勢更加強盛了。她現在就像是位是穿著衣服、大啖起司蛋糕的自信小姐。
「……呃，我還是完全聽不懂耶。」
所以我決定來打擊一下她的自信。
「就算他說『Sun在哪邊？』好了，冬子，這實在是太扯了，妳是不是根本就沒聽清楚他在說什麼啊？」

「才沒這回事呢！我真的親耳聽到他這麼說了！」

冬子大概沒想到我會如此敷衍地回應她，很生氣地反駁。雖然要試著說服她也不是不行，但此時或許我先退讓一步事情會讓比較能圓滿收場。

「就算情況真的是冬子妳說的那樣好了，只憑一句話就斷定那名男性在這附近工作，會不會太草率了啊？現在這個時代，必須使用英語對話的工作隨處可見，也不是只有港口都市才看得到吧。」

「唔，你這麼說也對啦……」

冬子再次陷入了沉思。她似乎正在尋找補強自己主張的方法，但感覺已經無計可施了。只要她還執著在這個說法上，恐怕就很難再有什麼新的發現吧。

我看了看時間，已經快四點了。總覺得我們在這個沙發座位坐很久了。我放在膝蓋上，邊站起來邊對她說：

「我們該走了吧？」

「等一下啦，我們還沒有分出勝負。」

冬子拉住我的毛衣下襬，想阻止我離開。

「既然我們無法確認真相，那再繼續議論下去也沒什麼用啊。這次就當作是平手，算了吧？」

看到冬子一副很掃興的樣子，我又補充道：

「不過，我很開心喔。冬子的感性跟以前一樣一點也沒變，我覺得很高興。」

「……是啊，感覺好像回到了以前，好開心。」

她害羞地露出笑容，瞬間就瓦解了兩人之間的對立。

我們離開港口後，冬子帶我來到了一間租車行。

「妳要租車嗎？」

「是啊，我已經事先預約了，沒問題的。」

冬子這麼說道，然後就穿過了自動門，一邊和店員交談一邊辦理手續。不久後，我們就被帶到停在租車行前的輕型車[6]旁了。「這該不會是冬子挑的吧？」看到那誇張的粉紅色烤漆，我不禁如此自言自語。

因為冬子搶先坐上駕駛座，我只好主動走向副駕駛座了。

「我們要去只有開車才能到的地方，對吧？」

6　輕型車：又稱K-Car，是配合日本政府汽車稅制所推出的小型汽車，體積比一般汽車小又便宜，而且購買時不需自備停車位，所以在日本頗受歡迎。

「嗯。我們要上山。」

冬子調整座位和後照鏡，以相當悠哉的口氣這麼說。

「山？這附近不是兩、三天前才剛下過雪嗎？冬子，妳很習慣開車嗎？」

「嗯……今天是我兩年前拿到駕照以來第一次上路。我很久沒開車了，手癢得不得了呢。」

她話音剛落，引擎就發出了巨大的嘶吼聲，車子開始往後退。我們進入車道後，冬子也不打方向燈，就直接在眼前的十字路口左轉。位於後方的腳踏車發出尖銳煞車聲，劃破空氣傳進我耳裡。

「換、換我開，冬子……由我來開車就好！」

我忍不住發出慘叫聲。冬子則一邊哼著歌一邊回答我。如果她很清楚我們目前的情況的話，應該會知道現在根本不是哼歌的時候才對。

「不行啦，夏樹你是客人啊，還是好好休息吧。」

我們的目的地是摩耶山山頂的瞭望廣場「掬星台」。正如「掬星」這個優雅的名字所示，那裡是以能欣賞到美麗夜景為人所知，還與函館及長崎並稱日本三大夜景……冬子興致高昂地如此說明。

冬子把車子斜斜停進停車場的白色停車格後，便對在副駕駛座氣喘吁吁的我說：

「好了，下車吧。還要走一段路才會到。」

我雙腿發抖地踏上地面後，才終於有種獲得重生的感覺。

雖然擺脫了冬子的恐怖駕駛，但身體還是抖個不停。標高七百公尺的山上氣溫比海邊更低，冷到我難以想像。現在時間是五點半，天色微暗，距離看夜景還有點早，但如果之後夜色更深，氣溫也降得更低的話，我想我是絕對無法忍受的。

「妳應該事先提醒我，這樣我就會穿厚一點的衣服來了啊。」我如此抱怨道。冬子卻拉上羽絨外套前面的拉鍊，說道：

「我在加拿大看極光的時候可是比現在冷多了。」

我心想，就算妳拿這兩個地方來比也沒什麼意義吧。

為了盡量讓身體保持溫暖，我們兩人自然而然地加快腳步。爬上最後的階梯後，自動販賣機出現在眼前。冬子率先衝過去，投下五百圓硬幣買了罐裝熱飲。當我也想拿出錢包時，她又買了一罐年糕紅豆湯，然後遞給我。

「來，夏樹。這是請你的。」

「……謝謝。」

我只能向她道謝然後收下。雖然我一看到她笑眯眯的樣子就立刻明白她是想故意惹我生氣，但如果回擊就正中她的下懷了。我一邊心想她到底要對KISETSU的事情記恨多久，一邊以熱呼呼的飲料罐溫暖凍僵的手指。

我們繼續走向瞭望台。大概是因為這時間看夜景有點早，周遭都沒有其他人。我們沿著如映照在水面的星空般發出朦朧燈光的遊覽步道行走，輕輕地把身體靠在往外突出的欄杆上。

「哇……」

冬子發出的短促驚嘆聲，或許是最能如實表示她當時心情的台詞了。

足以衝擊內心的景色就呈現在眼前。我站在被切開的山頭上，毫無遮蔽的全景填滿了我的視野。點綴眼下景色的是數量龐大的光、光、光。有些是穩定地停留在固定位置，有些是以一定的時間間隔持續閃爍，還有一些是排成一列到處奔馳。其模樣就像是在展現勇士毫不退縮地挺身面對龐大黑暗時的虛幻，也像是展現嬰兒在母親的體溫懷抱下哭泣的安心。

我看得入迷了，連寒冷的感覺都忘記。為什麼會覺得它如此美麗呢？如果近看的話明明只是單調無趣的人工光而已。

「好漂亮喔。」

冬子直白地闡述感想，我看到白色的氣息從她的雙唇間流出。我的視線隨著白色氣息移動，並如此回答她：

「嗯，很漂亮。」

結果我感覺到盯著夜景看的她稍微繃緊了身子。她的雙手靠在看起來很冰涼的欄杆上，不知道是不是寒冷的關係，泛紅的臉頰微微顫抖著。

那一瞬間，我八年前第一次見到的冬子的身影，和現在的她疊合在一起。我在開學典禮當天的早上對不知所措的她說的那一句話，在我後來的生活裡占有十分重要的意義。所以我對自己當初鼓起勇氣開口的事毫無後悔之意。

既然如此，我想相信自己要在此時再次鼓起勇氣告訴她的話也不會讓我後悔。我並非什麼都沒想就來到神戶。我是已經以自己的方式做好各種覺悟才來這裡的。

我突然感到口渴，便打開了罐裝年糕紅豆湯，然而對於滋潤喉嚨卻沒有任何幫助。

接著我深吸一口氣，抱著彷彿要跳下這座瞭望台的心情開口了。

「那個……」

「那個，夏樹……」

但是，冬子卻同時對我開口，蓋過了我的話。

「……抱歉，夏樹，你剛才是不是想跟我說什麼？」

「啊，不，沒事。妳就說吧。」

冬子似乎也下定了決心想告訴我什麼事。她的態度使我心生退縮，不小心禮讓她了。

「這樣啊。那我要說囉。」

她的緊張連我也感覺得到。雖然我猜不出她究竟想對我坦白什麼事，但要說我對此不抱任何期待是騙人的。冬子連我的臉都不看，像是在對著燈光閃爍的城市低語似地開口了：

「其實，我跟之前的男朋友復合了。」

「原來如此，你們復……騙人的吧！」

我實在太震驚，差點以為自己真的會從瞭望台摔下去。

「我沒有騙人喔，不過是上週才復合的。」

「但我們上個月見面時妳不是才說不可能復合嗎？」

「是這樣沒錯啦，但我看他不斷地求我跟他復合，就開始忍不住想：這個人真的非常地愛我呢，說不定世界上再也沒有人會像他愛我愛得這麼深了。」

才沒那回事。絕對不是如此。就算我這麼想，也無法說出口。

「或許也是認為怎麼樣都無所謂了吧。我開始覺得一直拒絕他也有點累了，就跟他說先復合看看吧。」

我看著神情羞怯的冬子，什麼話也說不出來。就一個第三者的立場，看到她又再次接受曾一度覺得不可原諒的人，其實心裡是很難給予肯定的。但我又不能表現出我的想法。她雖然看起來一副勉強答應的樣子，實際上卻給人一種沉浸在幸福中的感覺。

「我想告訴你的就是這件事。話說回來，夏樹你剛才想跟我說什麼？」

冬子一臉舒暢地表示接下來輪到我說了。但因為情況產生巨變，我的勇氣和覺悟都完全消失了。不過，用「從瞭望台跳下」來舉例的話，如果是要把已經踏出的腳對準其他降落處那也就算了，但要抽回腳當作事情沒發生過是非常困難的。

於是我刻意裝出十分開朗的態度，讓冬子以為我要說的並不是什麼大事。

「冬子妳剛才說『我沒有騙人』對吧？但我說的可是騙人的喔。」

「你說的是騙人的？」

我從眼前那些無數的光裡追尋沿著海岸線排列的光點，一邊心想我們白天所在的位置大概就在那附近，一邊對她坦白說出我之前扯的謊。

「在咖啡店時，我基於那對男女之謎所說的KISETSU……全部都是假的。」

7

「……這是什麼意思？」

冬子十分疑惑地歪著頭，好像聽不太懂我說的話。

如果敘述方式錯誤的話，可能會演變成無法挽回的後果。所以我謹慎地選擇詞彙向冬子說明。

「我不是說那兩個人會避開樹是因為男性正在出差嗎？但我自己一點也不相信這個說法。我已經推測出另一個更具說服力的真相，但我不僅無法確認詳細的情況，也沒有明確的證據，所以只好先配合冬子的論點說一些好像真有那麼一回事的話了。」

我自己也覺得當時我能把手上掌握的資訊串起來實在是很幸運。但是，如果想要隱瞞在出差時因為私事而和人見面的事情，那打從一開始就不應該拍什麼紀念照，而且穿西裝又拿公事包的打扮也很難堅稱他當時並非在工作。

男性讓女性拖行李箱的可能性很高。但連紙袋都讓另一隻手還提著手提包的女性拿就說不通了。所以應該還是如冬子所言，將女性假設為從遠方而來的人會比較好吧。

「所以你明知道是錯的，卻還是刻意提出了假的KISETSU。那就讓我聽聽所謂的『能說服你的真相』吧。從你剛才的口氣來看，你應該也不認為我提出的KISETSU是正確的吧？」

幸好冬子並未繼續追究我為何要提出假的推論。

「那我從頭開始說吧。當冬子妳說要『KISETSU』的時候，我就已經隱約察覺到真相了。而證實我的推論的，就是冬子妳告訴我的那個綠色紙袋的內容物。」

「你說的內容物是指茶葉嗎？」

雖然這麼做不太有禮貌，但冬子在替女性拿行李時趁機檢視了紙袋的內容物，而且還隔著包裝紙看見了盒子上的標誌。

「沒錯。但我認為那應該不是禮品。雖然送禮的時候送綠茶是很常見的，但在碰上某種儀式的時候也經常會準備那個東西。」

冬子露出了恍然大悟的表情。看來她只聽到這句話就明白我想表達什麼了。

「難道你指的是法事？」

我輕輕地點了點頭。

聽說原本被中國的僧侶當作治百病的藥帶來日本的茶葉，由於被用來感謝保佑健康的神佛，供奉在佛壇上，因此法事使用綠茶的習慣才會流傳開來。從那對男女是在平日前往辦法事的地方來看，他們參加的應該不是忌辰法事，而是喪禮，才會收下用來當作奠儀回禮的綠茶吧。

「那你在知道紙袋的內容物前就隱約察覺到真相的原因是……」

「是服裝啦。那位女性戴著珍珠項鍊，又穿著黑色的大衣和包鞋，怎麼看都像是用來搭配喪服的。我猜那個行李箱裡應該就放著替換下來的喪服吧。」

不過，既然那對男女都沒有穿著喪服，也可以推測喪禮大概是昨天舉行，但女性由於時間等因素才會到今天還待在神戶。至於男性之所以穿著西裝，則應該是打算替女性送別後再去公司上班吧。

「原來如此。所以他們會避開那棵樹，又在按下快門時露出神情詭異也是理所當然的了。」

冬子伸手摸著下巴，不停點頭。

「既然女性是從遠方而來，那她或許是想在離開前繞去知名景點拍個紀念照吧，但剛參加完喪禮的人既不適合站在那種粉紅色的樹正面，拍照的時候又不能露出燦爛的笑容。」

「是啊，所以我很早就想到，那對男女可能是因為剛參加完喪禮才想避開那棵樹了。但是，我同時也認為光以這一點還不足以說服冬子妳。我至少得再找到一項材料來支持自己的說法。」

「而你現在就正在試圖說服我。這代表你已經找到另一項材料了吧？」

「妳說對了。那個材料就是被冬子妳當成王牌的男性所說的話。」

結果冬子很驚訝地眨了眨眼。

「你是說『Sun在哪邊』嗎？但夏樹你不是說哪有人會這樣講，根本沒當作一回事嗎？」

「不是的。我當時就有提醒過妳了，妳沒有聽清楚那位男性所說的話。正確來說，是妳雖然聽對發音，但解釋錯了……再說得詳細一點，就是妳應該還聽到他說了其他單字，但妳覺得沒必要，就省略了。」

「應該還聽到他說了其他單字……為什麼站在遠處的夏樹會知道這件事呢？」

「我當然知道啊。只要在句子前加上即使聽過就忘也不奇怪的簡短呼喚聲，就能讓男性的那句話帶有明確的意思了。」

當我說到這裡後，冬子就突然喃喃自語了起來。她似乎是想在我全部說明清楚前自己找出答案。

「是什麼呼喚聲啊……呃，Sun在哪邊？不對……喂，Sun在哪邊？欸，Sun在哪邊？吶，Sun在哪邊……姊，妳要站哪邊[7]！」

冬子「啊……」的叫聲在對面被冬色籠罩的山間迴響。

「看樣子妳已經明白了。總之，因為男性是一邊環顧四周一邊說這句話，大概斷句的時候斷得很不自然吧。冬子妳才會誤以為那只是呼喚聲，把它給忘了。」

「所以那對男女原來是姊弟啊。然後弟弟其實只是想問要和他一起拍照的姊姊想站

7「吶，Sun在哪邊」的日文發音同「姊，妳要站哪邊」。

自己的左邊還是右邊，跟西邊太陽反射的事情毫無關聯。」

「就是這樣。一開始我也想過他們是不是夫妻，但如果兩人是姊弟的話，會一起參加近親的喪禮不也挺合理的嗎？所以我就想，即便無法證明是否正確，但湊齊了這麼多材料，冬子應該也能認同我的KISETSU了吧。」

「哎，我果然還是贏不過夏樹啊。」

冬子跟在新神戶車站時一樣伸了個懶腰。但這次和當時的不同之處，在於看起來完全沒有任何的不甘心，反而是一副已經釋懷的樣子。

這時我又再次繃緊身子，擔心她會不會問起某個問題。最後證實那只是我多慮了，她提出了完全不同的疑問。

「夏樹你啊，還是跟以前一樣，完全沒有變呢。無論什麼事情都逃不過你的眼睛，每次驚訝得說不出話來的都是我。為什麼你會這麼擅長KISETSU啊？」

冬子的這句話我從高中時就已經聽過好幾次了。我一邊回想當時的事情一邊回答：

「……因為我一直貫徹觀察者的立場吧。我在思考奇妙的事件時，不會讓自己的價值觀和嗜好干擾判斷，也不會將自己置身於情況之中，只會從外側凝視真正的事實。這樣一來，就只有最重要的線索會突顯出來。」

「觀察者嗎……這我也曾經試著實踐過，但直到最後都抓不太到感覺耶……雖然我覺得自己在判斷的時候並沒有摻雜自己的價值觀或嗜好啦。」

「我倒覺得冬子妳摻雜個人價值觀的情況很明顯喔。跟被亮光吸引的飛蟲一樣，馬上就把事情想得很浪漫。」

「啊！你這個比喻好過分喔。總覺得你好像在說，我帶你到夜景很漂亮的地方也是因為我跟蟲子一樣。」

「哈哈，我可沒這個意思喔。雖然我覺得喜歡夜景的女性的確是滿浪漫的。」

我們兩人相視而笑一陣子之後，冬子伸回雙臂，身體微微顫抖地低聲說道：

「氣溫越來越低了呢。不知不覺間，天色完全暗下來了。」

聽到她這麼說，我的身體才想起周遭有多麼寒冷刺骨。

「時間差不多了，回去吧。」

我帶著有些依依不捨的心情說道。冬子微微一笑，看著我的臉說道：

「夠了嗎？神戶的夜景看得還滿意嗎？」

不用說也知道，今天是我有生以來第一次親眼看到這片夜景。

但冬子大概並非如此。她應該是之前就來看過，想讓我也欣賞這片夜景的美才會帶我來這裡的吧。

而我會對她的這份心意感到高興是毋庸置疑的。在高興的同時，我也覺得很可悲。

因為我無法克制自己去思考，冬子第一次來這裡時站在她身旁的是誰。因為我認為她今天和我一起體會的感動，最終仍會與她第一次來到這裡時的記憶融合在一起，然後被她遺忘。

我感到很悲傷。她向我報告某件事時，也阻止了我將自己的覺悟說出口。

——我們兩人的關係和以前一樣毫無改變。

「……嗯，真的很漂亮。冬子，謝謝妳。」

我對冬子回以一笑，如此答道。然後，我在低頭想再看夜景最後一眼時小聲地補上一句話：

「我想我一輩子都不會忘記的。」

接著，我聽到冬子相當滿意地說道：「這樣我這個導遊也當得很值得了。」

回程由我負責開車。但途中一直找不到加油站，害我相當頭大。

冬子說反正離她住的地方不會太遠，便送我到新神戶車站。我買完車票並隨便挑了一些要帶去公司送人的紀念品後，在驗票口和冬子揮手道別。在月台等不到五分鐘，新幹線希望號列車就進站了，我上車選了個自由座坐下。

然後，我隨著列車逐漸融入不久前才俯瞰欣賞過的夜景裡。我化為點綴夜景的無數光點之一，分不清自己究竟位於何處。

只要還活著，人就會看見無數的光。許多光只要離開視野就會被意識所遺忘，所以才會用拍照等方式將它保留在記憶裡。但這些用各種方式勉強保留住的光，終究也只是景物裡的一點罷了。

不過，有時候我們也會遇到如月亮般持續發出更強的光，而且絕對不會混入景色之中的人事物。若是當我們如此看待對方時，對方也能同樣地看待我們就好了。但這終究只是一個願望。因為當一個人忘記有些光芒無論如何都不會成長時，是會發狂的。

我今天一直看著這樣的月亮。但在她的眼裡，我應該只是構成夜景的其中一點吧。之前是雖然她叫了好幾次「夏樹」[8]，但她把我當成月亮的那一瞬間是不會到來的吧。之前是如此，往後也一直是如此。

新幹線發出轟然巨響在軌道上奔馳。我在掬星台看到的美麗亮光，現在已經變成無趣的光點在窗外流逝而過。這讓我有種好像看見了布偶裝底下真面目的掃興感，便閉上眼睛，不知不覺地睡著了。當我再次睜開雙眼時，車內的乘客數已經減少許多，廣播正以富有特色的發音宣告下一站就是終點站。我望著窗外的夜空默默想像另外一個月亮，

8「夏樹」的日文發音為「NATSUKI」，月亮的日文發音則是「TSUKI」。

在心中喃喃自語。

——我現在剛經過小倉站。

那天我在欺騙冬子的謊言裡說明的男性行動，實際上是暗指誰的情況呢？我並沒有親口告訴她答案。

第二話

春

油菜花、波斯菊、月見草

1

頭上是蔚藍的天空，眼前是汪洋大海，而且從我所站立的山丘上放眼望去，還可以看到盛開的油菜花布滿整片斜坡。

「哇！真是美麗啊！」

我的身旁站著一名女性。興奮地發出讚嘆，手上拿著單眼數位相機的她，和今年春天就出社會滿兩年的我只相差一歲。

造訪油菜花田的其他客人肯定以為我們是隨處可見的情侶。但我們絕對不是情侶，今天也不是來約會的。為什麼呢？答案非常簡單。

她的名字是春乃。從我的名字「夏樹」就可以猜出來，她是我的親姊姊。

——而我之所以不用去公司，可以在這裡欣賞油菜花田，當然是因為週末的關係。今天是星期六，但昨天明明是星期五，我卻毫無任何邀約直接下班回家，而同樣沒繞去其他地方就回家的姊姊則突然對我這個弟弟說：

「喂，夏樹，明天我們要去能古島喔。」

當時我正坐在客廳的沙發上觀看租來的推理電影ＤＶＤ。我一邊因姊姊那不由分說的口氣皺起眉頭，一邊轉頭面對聲音傳來的方向。

「為什麼突然要去能古島啊？」

能古島位於博多灣內，是個環島周長約十二公里，人口約七百人的小島。只要搭乘從福岡市西區的姪濱渡船頭出發的渡輪，大約十分鐘就能抵達，是個地理條件很不錯，距離都會區很近的景點，頗受人們歡迎。

「現在正好是賞花的季節，我想去那邊拍照啦。一個人去太無聊了，陪我去吧。反正你應該很閒吧？」

站在我旁邊低頭看著我的姊姊，態度比平常還要不客氣。大概是對於邀請我這件事感到有些害羞吧。她的相機也是領到去年冬季的工作獎金後才終於買的高級機型。

「我沒空啦。這片DVD我明天一定要拿去還才行。」

「沒關係啦。那種東西在要出發前或是去完能古島後都可以還的。」

「妳就沒有其他人可以邀了嗎？像是男……」我的肩膀被打了一下，「幹麼啦？」

「你沒資格說這種話。我是看你一副很寂寞的樣子才邀你耶。」

這時我也有點不高興了，「我如果有那個意思的話，也是找得到對象的。好了，妳稍微安靜一點啦。電影正演到精采的地方呢。」

「那種電影根本不重要啦。犯人就是剛才那群少年喔。」

「啊！為什麼妳要說出來啦，我都已經在看了！」

「沒關係啦。」

「什麼叫沒關係啊！」

就這樣，我急速失去對電影的興趣，只好心不甘情不願地陪姊姊去滿足她的攝影嗜好（而且還是初學者等級）了。

不過，實際來到這裡之後，我反而覺得沒什麼損失。位於島嶼最高處的「能古島自然公園」是福岡縣內數一數二的賞花名勝，除了油菜花和櫻花之外，還可以在園內各處看到色彩繽紛的花朵。只要穿梭在其中漫步而行，就感到可以把每天所遇見的喧擾暫時拋到腦後，心靈也被徹底洗滌了。這樣子至少比在自己家裡觀看已經知道結局的電影要來得好多了。

不過，春乃的心靈似乎沒有受到洗滌。她只要看到一個人坐在鞦韆上、另一個人負責推背的情侶，或是開心地玩著踩高蹺的情侶，還有把肥皂泡泡吹得到處都是的情侶，就會用站在旁邊的我才聽得到的音量詛咒他們：「摔死吧。跌死吧。喝下去吧。」

「姊，妳都已經長這麼大了，說話就不能含蓄一點嗎？」

「沒關係啦。」

我開始懷疑她是不是很喜歡這句話了。

我們家依循先生女兒後生兒子[1]的理想情況，母親最先生下的是春乃，到了隔年才又生下我。再加上春乃又是個有一對明亮大眼的可愛小孩，父母更是將她當成掌上明珠般寵愛，父親甚至還曾把小學時班上男生打來找春乃的電話二話不說地用力掛斷。大概是置身於這種環境下吧，春乃後來逐漸成為了一名認為與同齡異性來往是某種禁忌的可憐少女。那麼，她轉而喜歡上什麼了呢？就是電視和雜誌上的男性偶像。

當然了，喜歡偶像這件事本身並沒有什麼問題。但都到了現在這年紀卻還老是追著偶像跑，而且周遭從來沒出現過任何親密異性的身影，身為父母一定心情相當複雜吧。所以他們把對於養育方針的反省實踐在比我小兩歲的妹妹身上，導致她從十幾歲開始就享受著自由戀愛的生活，讓春乃看起來更悲慘……話雖如此，明明是自己排斥異性來往的，卻用如此扭曲的態度面對社會上的情侶，這樣也不太對吧？

在島嶼上空飛舞的老鷹突然俯衝而下，瞄準在附近的樹木底下鋪野餐墊休息的情侶，搶走他們手上的可樂餅。看到這一幕的春乃不僅大叫「幹得好！」，還用相機偷拍那對呆住的情侶。

1 在傳統觀念中，由於認為女兒普遍較好教養，因此第一胎先生女兒的話，對沒有養育經驗的母親而言會比較輕鬆，同時也是在重男輕女的社會裡用來安慰第一胎沒有生下兒子的母親的話。

因為不想被別人當作是姊姊的同伴，我迅速地與她拉開距離，低頭看向油菜花田。雖然我沒有拍照的興趣，但什麼都不做地呆站著也有點奇怪，就啟動手機的相機功能拍了幾張照片。

一架飛機水平飛過遠方天空。我心裡突然浮現了想讓某個位於遠處的人也看看這幅景色的念頭。

2

因為春乃的關係，我曾經歷一段有些苦澀的往事。

「……夏樹同學，你方便告訴我你的電子郵件地址嗎？」

當我正在放學後的教室裡收拾東西時，同班同學冬子突然對我這麼說。那是在我高中一年級的黃金週假期剛結束時發生的事情。

如果換作是現在，我或許會當場就馬上拿出手機，無論是要交換資料或其他東西都沒問題吧。但當時的校規禁止學生帶手機進校內，雖然有很多人偷偷帶在身上，還是不敢在教室裡直接拿出來。

所以若要交換聯絡方式的話，大部分都是寫在紙上交給對方，但要開口向異性提出這種要求的話難度就很高了。這大概就是我在開學典禮和冬子交談後，雖然兩人偶爾會聊天，但我到現在還不知道她聯絡方式的理由。我很怕會被人誤以為是在追求異性，一直無法說出口。

所以冬子的要求讓我心裡掀起了波瀾，雀躍不已。由於我已經把東西收進書包裡了，便慌慌張張地翻找制服的口袋。

「妳稍等一下，我找找有沒有東西可以寫……啊，有了。不，這個不行。」

我把指尖所碰到的紙片攤開，放在旁邊的桌子上。冬子伸長脖子探頭察看：「那是什麼？」

那是一張便條紙。上面用平假名寫了三次「TAKESHI」。字是用原子筆寫的，而且全都寫得很醜，要費一番工夫才能看得懂。

「哦，那是……」我停下了最後還是伸進書包裡摸索的手，向她說明：「我姑姑一家利用這次黃金週的連假從東京到九州家族旅行。昨天也順便拜訪了我家。」

冬子拿起那張便條紙，一邊點頭一邊聽我說。

「姑姑是我爸的姊姊，她的兒子叫『TAKESHI』，也就是我的表弟。寫成漢字的話就是隆盛的『隆』。他是家裡的獨子，該說正是調皮的年紀嗎……用姑姑的話來解釋就是正值叛逆期，老是喜歡做些沒意義的事。他昨天在我家的時候也突然就不見蹤影，結果竟然是趁著我們這些待在客廳的家人沒注意的時候擅自跑進了我姊的房間，而且好像還亂摸了一通我姊貼在房間裡的海報。」

春乃當時非常迷戀由五名男性組成的偶像團體「東方見聞錄」，狂熱到甚至發生過一件趣事，那就是我爸隨意地問在客廳看演唱會DVD的春乃「哪個是『東』，哪個是『聞』啊？」，結果春乃後來整整一星期都不肯跟他說話。海報或其他周邊商品就更不用說了，那是連家人也一根指頭都不能碰的。

「喔……海報啊……所以呢？」

大概對偶像沒興趣吧，冬子似乎不太能理解事情嚴重性，催促我繼續說下去。

「他在亂摸的時候我姊姊剛好回到房間，就生氣地對他怒吼：『不要用你的髒手碰它！』兩個人吵了起來。聽到吵鬧聲後姑姑趕過來責罵表弟，事情也就姑且落幕了。幾個小時後，姑姑一家離開了，我姊又回到自己房間，結果在桌上發現了這張字條。」

「是你表弟在回去前又偷跑進你姊的房間，留下了那張字條嗎？」

「大概吧。在兩人吵架後，我表弟基本上一直待在客廳裡，但也不是沒有因為上廁所或其他理由短暫離開過。如果順利的話，要留下這種字條應該用不了一分鐘吧。他很有可能是利用我們稍微移開目光的時候寫的。」

「這樣啊。」冬子很專注地看著那張字條。

「然後，到了今天早上，我姊就交給我這張紙，跟我說『你不是很擅長解暗號還什麼的嗎？』似乎是想叫我思考一下表弟為什麼要留下這張字條。」

我不知道春乃為什麼會對弟弟產生「很擅長解暗號」的印象。但既然我曾在開學典禮當天幫助因為遇到不可思議的事情而不知所措的同班同學，又會自己找推理電影來看，那要說我對動腦筋這件事不反感也是事實。連在聽到關於紙條的事情時，我也很不正經地覺得這簡直就像是死亡訊息。

原本還一直盯著紙條看的冬子突然抬起頭，對我露出彷彿野獸發現獵物般的眼神，並帶著得意的笑容說道：

「我們得替這個奇妙的事件找到合理的說明才行呢。」

「……嗯，是啊。」

我回答她的同時，感覺自己的臉頰有些發燙。自己大約一個月前所說的話被人當著面模仿，真的會覺得很不好意思。

這是發生在我們兩人還不會把「替奇妙的事件找到合理的說明」稱為「KISETSU」時的事情。冬子將紙條展示給我看，問道：

「這張便條紙和用來寫字的原子筆本來是放在哪裡的呢？」

「我姊的房間吧。大概是放在桌上之類的地方，簡單來說，就是表弟似乎使用了現場就有的東西。畢竟我姊和他吵架後警戒心應該也跟著提高了，如果表弟想事先準備好便條紙和筆的話，肯定會被質問究竟想做什麼。所以他應該是先偷跑進我姊的房間，然後再尋找可以拿來用的東西吧。」

「哦……所以夏樹同學你是怎麼想的呢？你覺得他留下這張只潦草寫下名字的紙條，究竟是想表達什麼？」

如果我能夠不假思索地回答這個問題，那麼一開始就會告訴她了吧。但我對這件事倒也不是完全沒有想法，就邊搔著後腦杓掩飾自己的沒自信，邊將腦中的一項假設說給她聽。

「雖然無法解釋得很清楚，但我總覺得……表弟會不會是想要道歉呢？畢竟無論是誰都應該有過覺得抱歉但又很難當面說對不起的時候吧。所以他才會改用留下紙條的方式。」

但是，或許該說是如我所料吧，冬子露出了好像不太能認同的表情。

「如果他想道歉的話，為什麼只寫了自己的名字呢？」

「那是因為他只會寫名字的關係吧？」

「因為他只能趁你姊姊不注意的時候寫嗎？」

「不對，不是那樣子……」

「當然不是那樣子吧。如果只寫一次也就算了，但他可是寫了三次名字耶。雖然字全部都是平假名，也可以清楚地看出是匆匆忙忙地寫下來的……夏樹同學？」

冬子「喂」了一聲，伸手在我眼前揮動。她一定很訝異我為什麼像要把她的臉看穿一個洞似地猛盯著她吧。但我卻不知道該如何回應才好。

看來她應該是誤會了。我又再次搔著後腦杓對她說：

「我剛才沒說過嗎？」

「說什麼？」冬子疑惑地歪著頭。

「就是我表弟的年齡啊，隆是個三歲的男孩子。」

在一瞬間的沉默之後，冬子的大叫聲傳遍已經沒什麼人的教室。

「什麼？這我哪知道啊！」

幾名剛好經過走廊的女學生好奇地探頭看向我們這邊。要是被人以為我對冬子動什麼歪腦筋就糟糕了，所以我邊向她們揮手表示沒什麼事，邊對冬子說：

「不要那麼大聲啦。我應該一開始就告訴過妳了吧？」

「我還以為他肯定是國高中生呢。因為你說他是你父親姊姊的兒子。」

但我說的都是事實啊。我姑姑晚婚，也就是所謂的高齡產婦嘛。

「話說回來，夏樹同學，你剛才不是說他正值叛逆期嗎？」

「我說了啊，是第一次叛逆期。好像也有人用『唱反調期』來形容的樣子。他從大約兩歲的時候開始就老是不聽話，我姑姑也覺得很頭大。」

「原來是這樣啊……不過，話又說回來，誰會想到你姊姊都已經念高中了還跟那麼小的小孩吵架啊？」

關於這一點，我只能用一句「丟臉至極」來形容。雖然我已經跟冬子說我姊姊比我大一歲，但我並沒有連姊姊的具體人格特質都告訴她，她感到意外也是正常的。竟然會跟一個三歲小孩認真地吵架，有問題的是春乃的思考方式才對。

「不過這紙條的字很明顯的就是小孩子寫的吧？」

「我只想得到可能是沒時間才寫得這麼潦草嘛……不過，如果寫下這紙條的是個三歲小孩，那他的目的就很好推測了。」

冬子說得好像沒什麼大不了的樣子，我驚訝地張大了嘴巴。

「妳知道我表弟在想什麼嗎？」

「那是當然了。不過，夏樹同學和你姊姊並沒有年紀差很多的姊姊或哥哥，所以不了解這種心情也是正常的。」

我一問才知道，冬子是三姊妹中的三女，除了她在開學典禮那天跟我說的那個姊姊之外，好像還有一個更年長的大姊，而那位名叫由梨繪的大姊似乎比冬子大了八歲。

「舉例來說，在我大概三歲的時候，由梨繪姊姊還在念小學，我們偶爾還是會吵架。不過，既然我們歲數差那麼多，我不管怎麼做都是贏不了的吧？這讓我覺得很不甘心，有時候也會在吵架後拿由梨繪姊姊很重視的東西出氣。」

「這樣啊，那後來怎麼了？」

「被我媽狠狠地罵了一頓。」

冬子吐了吐舌頭。會有這樣的下場是理所當然的。不過，我也同時覺得她有點可憐。

雖然還是得看吵架的原因是什麼，但由於冬子較為年幼，毫無疑問地屬於弱者，所以只要她在吵架的過程中做出大哭等舉動，她的父母應該還是得責罵身為姊姊的由梨繪才對。但如果冬子不服輸的個性是與生俱來的，那可以想見年幼時的她並不會很乾脆地就尋求大人的力量。若她是因此而選擇自行反擊，結果落得被責罵的下場，那感覺的確是挺可憐的。

「所以……妳的意思是我表弟拿屬於我姊的便條紙來出氣囉？」

「嗯……有點不一樣。」冬子把紙條放在桌上，開始用手掌壓平上面的皺摺。「隆他雖然知道和你姊吵架是吵不贏的，但還是難消怒火。我猜，他其實是想在導致他們吵架的海報上塗鴉吧。但他才剛被你姑姑，也就是他的母親責罵，所以他知道如果又做出那種事來，下場肯定會很慘。因此我認為，他是想盡可能地表達自己的反抗之意才會改在便條紙上塗鴉的。」

我頓時恍然大悟。表弟想用塗鴉來反擊，卻又不想被母親斥責，他煩惱到最後就決定選擇便條紙當塗鴉的對象了。這種想法是我自己一個人怎麼樣都無法推論出來的吧。

「那他寫下名字的這項行為，本身就是沒有什麼意義的對吧。他才三歲，光是能寫出自己的名字就很了不起了……如果他知道更多文字的話，或許就會改寫別的字了。」

仔細想想，我記得自己年幼時也曾毫無理由地在宣傳單後面一一寫出剛學會的字。那對我來說應該也是類似塗鴉的東西吧。所以表弟再次瞞著春乃溜進房間後，會隨興地重複寫下自己的名字也是可以想見的。

在對我的推論表示認同後，冬子的手也抽離便條紙，如此補充道：

「這其中或許也有想強調這是自己寫的字的用意也說不定喔。因為對隆而言，如果無法把自己的怒氣傳達給你姊姊的話就沒有意義了。」

「的確……不管怎麼說，跟一個只有這點知識程度的小孩子計較那麼多，我姊的確是該好好反省。謝謝妳，冬子。我今天晚上就馬上跟我姊說……這個就當作妳幫我的謝禮吧。」

我拿起那張一直攤開來放在桌子上，現在已經用不著的皺巴巴便條紙，把自己的電子郵件地址寫在上面，然後交給了冬子。為了掩飾我的難為情，我刻意用很輕鬆的態度交給她，但冬子收下時卻很害羞地低聲說了句「謝謝」，害我拿著書包離開教室的動作簡直就跟逃跑沒兩樣。

那天晚上，我把冬子說的話告訴了春乃。

再次體認到自己吵架的對象是個只能用讓人忍不住想微笑的方式報仇的三歲小孩後，就算是春乃這樣的人，似乎也覺得自己應該反省，於是她立刻就查起了姑姑家的電話號碼。我親眼確認她的這些舉動後，便拋下正用手機輸入電話號碼的她，離開了客廳。如果我待在那裡，她說不定沒辦法坦率地說出道歉的話。

我回到自己的房間，發現手機收到了一封我沒見過的電子郵件地址寄來的訊息。我打開一看，那封訊息是冬子傳來的，簡潔地寫著希望我把她的聯絡資訊加進通訊錄。

於是我在向她報告已經加入通訊錄的訊息裡附記了春乃正在打電話的事情，並按下送出。而數分鐘後回傳的訊息，則讓我明白了冬子問我電子郵件地址的真正理由。

「對了，夏樹，你和我們班的××同學很要好吧？其實我有一點事情想找你商量……」

從那之後，冬子只要在戀愛方面有什麼煩惱，就會跑來找我商量……這起與春乃有關的事件，便逐漸成為我心中一段苦澀的回憶。

3

因為和春乃去能古島，我突然想起了冬子。

夜晚，我躺在自己房間的床上，注視著手機螢幕裡的油菜花田照片。天空和海洋的藍色及油菜花的黃色，與填滿其縫隙的草木綠色呈現鮮明對比，簡直就像是來到了繪本裡的世界。明明是親眼看過的景色，卻因為被鏡頭拍下來，凸顯了其美麗，反而讓真實感變得稀薄。

我想，現在的冬子或許沒有閒情逸致欣賞這種景色。她上個月自神戶的大學畢業，目前正在大阪參加長達一個月的新進員工研習。她應該和一年前的我一樣，因為不習慣的工作內容而疲憊不堪，連假日也沒有力氣出門遊玩吧。

突然間，我興起了想傳訊息給她的念頭。

冬子在大約八年前那天給我的電子郵件地址，一直到現在都沒有變更過。也就是說，即使我們有一段時期疏遠了，但只要冬子有這個意願，隨時都能再取得聯繫。雖然我自己或許也有一段時間沒寄信給她，但就結果來說，現在電波仍舊將分隔兩地的我們連在一起。

我新增一封信件，附上油菜花的照片。信件內文如下：

「我去了趟能古島。拍到了很美麗的照片，就傳給妳看看。

我當然不是一個人去的。有一位女性與我同行。她的名字叫春乃。

油菜花的花語好像是『充滿精神』的樣子。妳剛開始工作，應該經常感到不安或遇到許多辛苦的事情，打起精神撐過去吧。」

寄出信件之後，我就不知道要做什麼了。我把手機放在枕邊，仰躺著凝視天花板，覺得小腿很沉重。大概是很久沒有從早到晚都在戶外走動了吧，平常總是坐在公司裡從事文書工作。

一直到剛上高中的時候，我都還毫無根據地覺得自己將來會過著精采刺激的人生。在少年時期懷抱著連實現的方法都不知道、只能在嘴上說說、天真又荒唐的夢想，但到現在都還無法拋棄類似其餘韻的東西，所以完全無法想像自己平凡無趣地在公司裡上班的樣子。

我的想法開始一點一滴地改變，應該是在意識到考大學這件事的時候吧。我和許多學生一樣，沒有特別想學習哪個領域知識、卻又沒有其他想做的事情，所以決定繼續升學。像是循著某種既定路線似地選擇想念的大學和科系，努力進行並不輕鬆的考試準備。雖然考上理想學校的時候我很開心，但那是因為我的努力有了結果，而不是對結果本身感到欣喜。

進入大學後，我也和周遭的人一樣過著念書、墮落和遊玩的生活，也在大三時和周遭的人一樣開始了求職活動。其中有些朋友對未來懷抱著遠大的夢想，我不僅有些羨慕和嫉妒他們，也在回頭反省自己的情況後覺得有些愧疚。而當我目睹這些友人最後還是把人生的軌道從夢想轉向現實時，也發現自己竟沒來由地鬆了一口氣。

換句話說，精采刺激的人生早就跟自己無緣了。我就這樣不知不覺地進入社會，也沒有找到什麼自己喜歡或想做的事情，只為了活下去而拚命工作著。但我對現在的生活並無不滿，雖然有很多事情無法如意，卻也沒有嚴重到讓我下定決心去破壞現狀改變未來。只是……

我的內心深處是不是還在苦等著奇蹟出現呢？

我是不是還在期待著逐漸定型的人生路線會突然出現逆轉呢？是不是明知道已經無法改變，卻還是希望機運會偶然降臨在自己身上呢？我明明沒有勇氣破壞現狀，卻還是對於自己要繼續走下去的路抱持著疑問……雖然我知道，我平凡的人生裡根本不會出現足以寫成故事的奇蹟。

冬子是怎麼想的呢？她站在踏出嶄新一步的舞台上，能找到適合自己的歸宿嗎？她會選擇珍視日常，而不是夢想著奇蹟嗎？若是如此就好了，但我的想法很不負責任。因為若是問我這種日常裡能不能找到幸福，我是完全回答不出來的。

我躺在床上環顧自己的房間，想確認自己過著怎樣的日常。映入眼簾的是每個人房間都可能會有的書籍、CD和電視遊戲之類的東西，而且數量還沒有多到符合愛好者的定義。我厭煩地閉上雙眼，一股彷彿被厚重棉被蓋住的疲勞感席捲全身。看來今晚還是早點睡比較好。就連我這麼想的時候，放在枕邊的手機也依舊沉默著。

到了隔天，也就是星期天的晚上，我才收到冬子的回覆：

「哇！好漂亮的油菜花田喔！

其實我並沒有去過能古島，但看了這張照片後，就覺得有機會一定要去看看。

我會努力工作的，雖然很辛苦，但遇到很多好人，昨天晚上也是因為跟同期的同事去吃飯所以才沒辦法回覆你。等這次的研習結束後就會公布派任到哪裡了。可能分派到的地點裡有福岡，聽說如果是本地人的話比較容易被選上，但不知道是不是真的。我在大阪沒什麼朋友，如果能回福岡就好了。

收到你傳來的照片後，我就跟花語說的一樣充滿精神了！夏樹，謝謝你。」

打開這封信件的時候，我和昨天一樣躺在床上。

我讀著冬子寫的文字，隱約感覺到她好像不知該如何回應我。這也難怪，如果換作是我，突然收到不是情人的女性寄來的照片，肯定也會不知所措地懷疑這個人到底是怎麼了吧。

就這樣結束這段對話也不是不行，但既然是我先起頭的，對這封回覆毫無反應的話感覺也不太好意思。基於禮貌，我想我至少應該再回一次信比較好。於是我頭靠在左手上，用右手寫了一封信。

「有機會一定要去能古島看看喔，秋天的波斯菊也很美。

所以妳會在黃金週的時候換到別的地方上班，對吧？如果冬子妳順利回到福岡，到時候我們再一起去喝酒慶祝吧。

我會祈禱妳的希望成真。那就這樣，接下來的研習也要好好加油喔。」

反正她應該是不會再回信了吧，我原本是這麼想的。情況卻出乎意料之外，才過了

一、兩分鐘，手機就再次傳來收到信件的通知。我驚訝地打開一看，內文只有一句話：

「波斯菊？」

我以為自己可能寫了什麼奇怪的句子，便又重看了一次剛才寄出去的信，但並沒有發現什麼問題。當我正困惑時，冬子又傳來了一封信，仍舊只有一句話。

「必須KISETSU一下才行呢。」

「妳在說什麼波斯話？」我腦中一瞬間閃過要不要回覆她這種無聊笑話的衝動，仔細一看才發現這封信還附上了一張照片。而在開啟那張照片後，我終於也跟冬子一樣感到一頭霧水了。

才在信裡說她沒去過能古島的冬子，卻寄來了一張明顯是在我昨天寄給冬子的照片裡的山丘所拍攝的照片，但兩張照片的季節不一樣。在這張照片裡，鋪滿斜坡的並不是油菜花，而是色彩繽紛的波斯菊。

沒去過能古島的冬子為什麼會有這張照片呢？

4

我不由自主地從床上坐了起來。由於想邊看著照片邊討論，就不能打電話，讓我感到有些煩躁。我急急忙忙地打好回信後送出：

「這張照片是怎麼一回事？」

冬子也很快就回覆了：

「其實我之前在打開夏樹送來的照片時，就已經覺得好像在哪裡看過這樣的景象了。雖然我原本在想這應該是既視感吧。但你提到波斯菊後我就想起來了。「這張照片果然是在能古島拍的呢。這是前年我男友傳給我的。」

她指的是在今年年初與她復合的情人。我聽說他們之前分手是在冬子找工作的時候，所以她應該是在那之前收到照片的吧。

「結果妳男友是怎麼說明這張照片的？」

「我想這的確是我男友去廣島參加研討會時拍的照片。他好像趁機順便去觀光還怎樣，在住宿的旅館裡傳了幾張照片給我，其中一張就是那張照片。」

幸好冬子的手機裡還留有前年的信件檔案。我馬上請她把男友用手機寄給她的那封信轉寄給我。

「研討會順利落幕了。我參加完交流餐會，現在在旅館裡，覺得有一點累。因為在開始前還有一點空檔，我也在廣島稍微觀光了一下。機會難得，我把照片傳給妳看。我在觀光時發現了很漂亮的波斯菊花田，結果太興奮而不小心踩壞了幾株花。我把那張照片也一起附上去了。

明天傍晚我就會回神戶。」

我以前就聽冬子說過，她的男友是比她大大一屆的大學學長。但冬子因為留學的關係晚一年畢業，所以他在前年寄出這封信的時候是研究所的學生。據說他後來為了取得博士學位，現在仍在研究所讀書，從來沒有搬離過家鄉神戶。

「在廣島的研討會好像每三個月就會舉行一次，我男友一直都持續出席。我聽他說下個月也預定要去參加。他每次都會在廣島市內住一晚，隔天才回神戶。」

看完冬子的說明，我「唔……」地沉吟了一聲。竟然要如此頻繁地參加在同一個地方舉辦的研討會，看來想取得博士學位也是要費不少苦心的。那是正好在四年內迅速完成大學學業的我無法想像的世界。

我把冬子轉寄來的信讀過一遍後，又看了看那張波斯菊的照片。原來如此，正如信件內文所敘述的，有一些波斯菊被人從根部折斷了。如果只看這一點的話，看起來的確像是她男友所拍攝的照片。

「妳男友為什麼要把在能古島拍的照片謊稱是在廣島拍的呢？他寄給妳的時候是秋天，代表他在即將前往廣島之前還去了福岡一趟囉？」

「他卻瞞著來自福岡的我？」

「一般而言的確是會跟妳說一聲才對……不過，既然他刻意在寄照片的時候偽裝攝影地點，就表示他必須瞞著冬子妳前往福岡。妳想得到他這麼做的隱情是什麼嗎？」

「嗯……例如考慮到結婚後要回我的老家，所以想先看看養育我長大的城市長什麼樣子？」

我忍不住笑了出來。第一個想到的竟然是結婚，真的很像喜歡浪漫的冬子會做的事。如果我把自己假設成即將與她結婚的男友，倒是能夠理解想瞞著結婚對象造訪其故鄉的心情，無論那是基於某個感傷的理由，還是因為這樣能讓我以更嚴苛的觀察角度去看待這件事。

但是，不管她男友是在這種情況下造訪福岡，又或者他並未前往福岡，只是藉由朋友或網路拿到了能古島的照片，都有一個很大的問題尚未獲得解答。不用說也知道，那個問題就是冬子的男友為何要刻意把能古島的照片傳給冬子，並謊稱這是在廣島拍的。既然他是瞞著冬子前往福岡的，那把可能會讓事情曝光的照片傳給冬子就等於是自殺行為。

「妳確定那封簡訊是妳男友傳給妳的嗎？寄件人的電子郵件也有可能是經過偽裝的。」

我想不到其他可能性，只好確認一下這件事，冬子的反應卻很冷淡。

「我看完那封簡訊後跟他互相回覆了好幾次，我想那不是偽裝的。我回覆的簡訊會送到男友的手機裡，要是他沒有寄那張照片給我，我們在討論時應該就會覺得牛頭不對馬嘴了。」

在沒有向當事人求證的情況下，再怎麼胡思亂想也是沒有用的吧。

明明是自己先吵著說要KISETSU的，卻一下子就放棄了。但因為這是冬子男友的話題，只有我一直執著於這件事的話也很奇怪。

後來我們隨意地在回信裡寒暄幾句後便結束了討論，而我就這樣帶著難以釋懷的心情度過了週末。

到了隔天晚上，這種心情變得更加強烈。

「我已經完成KISETSU了。」

當我結束工作回到家時，收到了冬子寄來的信。我吃完晚餐，稍微休息一下後，便像是無意間養成習慣似地躺到了床上。

「說來聽聽吧。」

「昨天夏樹你不是問我，想不想得到他做那種事的理由是什麼嗎？其實後來我又稍微認真地思考了一下，如果他的想法是『雖然想看看喜歡的人出生、成長的城市，卻因為不好意思而無法告訴對方』的話，或許就說得通了。我昨天也說了吧？他想看看養育我長大的城市。這不就像在說他已經意識到結婚的事情了嗎？這樣一來，他大概也會想到自己還是個學生吧。應該說，造訪情人故鄉的這個行動，本身就有種很年輕的感覺，我能夠理解他為什麼會覺得難以啟齒。」

我昨天收到冬子的回覆後所想像的幾個理由中，冬子似乎把焦點放在最令人傷感的那一個上面了。但既然我們仍舊想不出她男友為何要寄照片給她，那要說KISETSU已經完成的話好像也不太對……我原本是這麼想的，接下來看到的信件內文卻讓我大吃了一驚。

「然後啊，其實我已經對完答案了。

我去問了我男友，結果他好像的確在那時候去了福岡。然後，雖然他確實因為覺得不好意思而瞞著我，但能古島的波斯菊讓他非常感動，無論如何都想讓我看看那張照片，才會把它混在廣島的照片裡一起寄給我。」

——「無論如何都想讓她看那張照片」嗎……我忍不住嘆了一口氣。

在謊稱波斯菊花田的照片是在別的地方拍攝的時候，如果該地點離冬子當時居住的神戶不遠，她恐怕會說也想去看看。話雖如此，要挑一個男友沒去的地方又有難度。就這點來說，廣島是一個很適合的地點。就算像這次一樣被冬子看穿攝影地點是騙人的，也有可能是因為她男友認為自己並無惡意，當初才會沒想太多就說了謊。

此外，雖然我不知道能古島的波斯菊在全國的知名度如何，但在當地其實頗有名的。所以在波斯菊盛開時前往福岡的冬子男友，會因為知道這項觀光資訊而去能古島，也不是什麼偶然到讓人起疑的事情。換句話說，冬子的說法就各方面而言都合情合理，我無法反駁她。但是……

「這是真的嗎？冬子妳相信妳男友的解釋嗎？」

我忍不住寄出了這樣的信。我的懷疑並沒有什麼根據，真要說的話就只是不能接受而已。我總覺得冬子男友的說法好像哪裡有問題，所以就算告訴我那就是真相，也完全無法認同。

不過，對冬子而言，這是她根據自己想法得出的結論，沒有相不相信的問題。果然，她的回信內容如下：

「你別再不服輸了啦，雖然當初是我先對夏樹抱怨男友的，也可以理解你對他只有不好的印象。」

冬子說的沒錯。和冬子說明的真相相比，我更無法接受的應該是她男友的存在吧。

「抱歉，是我不好。我的確是被妳搶先完成KISETSU才不甘心，沒有其他意思。」

這是我臨時編的謊言，幸好冬子還是原諒了我。

「沒關係啦。我才要跟你道歉，把你牽扯進來，結果自己先解決了問題。總覺得到頭來我好像只是在炫耀自己跟男友有多恩愛，好丟臉喔。

總而言之，這件事就到此結束吧。夏樹你也不用放在心上，沒關係。」

又是「沒關係」嗎……大家好像都覺得只要說這句話就可以解決一切的樣子。

就算我把手機扔到枕邊，心裡還是無法釋懷。不過，到了星期二、星期三，隨著日子一天天過去，我也在一如往常處理工作的過程中逐漸失去對區區一張照片的興趣，最後就跟過了盛開期的花會枯萎一樣，連想都不去想了。

5

「我要進去囉……唔哇！」

星期五的夜晚，我因為有件不重要的小事要找春乃，便離開自己房間，打開了春乃房間的房門，結果發現整片地板全都凌亂地放滿了東西。

「喂，夏樹，進來前好歹敲個門吧！」

雖然春乃不滿地糾正我，但心情看起來很愉快。

「這是怎麼一回事？妳在做什麼啊？」

「喔，我明天要去東京兩天，現在正在整理行李。」

這麼說著的春乃，面前放了一個行李箱，衣物散亂地落在四周。仔細一看，裡面還有團扇和毛巾等偶像的周邊商品。

「難道妳又要去遠征了？」

我靠在半開的房門上，語帶調侃地問道，春乃反而相當自豪地回答：

「他們巡迴演唱會的最後一場是在武道館[2]耶，我怎麼可能不去呢？」

春乃在高中時很迷戀的東方見聞錄，後來因為成員退團，現在變成了兩人團體，但她還是和以前一樣支持他們。現在回想起來，春乃在年紀更小的時候，喜歡的偶像老是

2 武道館：位於東京，除了作為柔道、劍道、空手道等武術活動場地使用外，也是舞蹈、樂團、演唱會等活動的舉辦場地。

換來換去，但成為東方見聞錄的粉絲後就很神奇地變得專一了。

說不定是對與三歲的表弟吵架一事有所反省，在那之後就不再三心二意了。不過我這種想法大概太穿鑿附會了。

「妳還是老樣子耶。該怎麼說呢……能夠這麼喜歡某項事物真是令人羨慕。」

我半是玩笑、半是認真地說道。結果春乃停下正在整理行李的手，神情嚴肅地面向了我。

「我才羨慕你呢。」

「我？為什麼？我又沒有任何熱衷的事物。」

「但是你能夠喜歡人啊。」

我沒想到她會這麼說，一時不知該如何回答。我並沒有找欠缺戀愛經驗的姊姊商量過感情問題，但她仍舊知道我並不是「單身時間等於年齡」的人。

「喜歡偶像和姊姊妳說的喜歡人有什麼差別嗎？」

「差多了。」春乃毫不猶豫地斷言：「當然了，要是喜歡的偶像出現在我眼前，跟我說我愛妳的話，我想我也不會拒絕吧。雖然大概會感到困惑，但不管怎麼說，這樣的告白肯定是讓人高興的。」

我差點以為春乃這段話是在開玩笑。但看到她認真的表情後，我就完全沒有想要一笑置之的意思了。

「不過呢，我很清楚這種奇蹟當然不可能發生在自己身上。我並不需要對此抱有任何期待。」

春乃有些粗暴地將明明視為寶物的那些偶像周邊商品放進行李箱，然後闔起行李箱。

「喜歡偶像的心情或許也能夠叫作戀愛吧。但那是一種知道無法實現，才能夠安心去愛的心情。雖然跟我剛才說的話矛盾，但那大概是一種如果真的有可能實現的話，反而會怕得想逃跑的心情……這和你的情況不一樣吧？你是因為覺得或許有可能實現才去談戀愛的吧？你早就知道會面臨受傷害或心情低落的風險和恐懼，卻還是喜歡上某個人，有時候可能還會剛好兩情相悅，對吧？我沒有踏進那一個階段的勇氣，所以才羨慕你。要不然誰會沒事去嫉妒世界上的情侶啊？」

姊姊啊，我心想。戀愛的心情是沒辦法用這種道理去解釋的。我們應該都遇過在路上走著走著卻突然下起雨，身上的衣服淋得溼答答，沒辦法順利脫下來的情況吧？戀愛的心情就跟那種情況一樣，是當你回過神來時才發現已經纏繞在自己身上，沒辦法輕易割捨的東西。我並不是覺得或許有可能實現，而是明知道無法實現，卻還是無法放棄啊。

但我並沒有說出這段話說。正如姊姊她自己所言，她應該已經完全接受奇蹟並不存在這件事了吧。但我和她不一樣。我的腦袋雖然已經得出無法實現的結論，內心深處卻還是在期待奇蹟發生。換句話說，這和春乃所說「覺得或許有可能實現」是一樣的意思。

我不曾深入思考過這件事，所以春乃的話給我帶來了不小的打擊。因此，雖然我接下來應該要說些否定或反駁她的話才對，卻沒有這麼做，反而在認同她的正確性。

「的確，花費時間和金錢還跑到那麼遠的地方，結果只有在幾個小時的演唱會中能看到喜歡的人，之後就得獨自一人返回旅館，這如果叫戀愛的話，那我實在是沒有辦法忍受。雖然這樣講感覺很貪心，但我應該會希望對方能給我更好的回報吧。」

不過，這是只限於把追星當成戀愛而不是娛樂的情況……我接著說出這句話之前，春乃就以出其不意的形式插嘴說道：

「你好像誤會了，我這次並不是全程都一個人喔。有朋友會和我一起住旅館。」

本來倚靠在房門上的我忍不住打直了身體。

「原來妳有朋友會陪妳一起遠征東京啊。我都不知道。」

「你說的不太對喔，那個朋友是我每次去看演唱會時都會碰到，才會認識的粉絲。畢竟不管是要在外面吃飯還是住旅館，都是兩個人一起比較方便嘛。那個人平常都住在北海道，如果不是參加這種活動是見不到面的。我們打算在演唱會現場會合，回去的時候我再送她到機場。」

「原來是這樣啊。既然妳們一開始目的就是相同的，會意氣相投也是理所當然。聽妳這麼一說，總覺得追星也是件滿有趣的事情呢。還可以和遠方的朋友見面……」

說到這裡，我突然陷入了沉默。

「夏樹，沒事吧？你怎麼啦？一副可樂餅被老鷹搶走的表情。」

春乃見我態度變得很奇怪，便開口關心我，但目前的情況實在很難跟她說我沒事。

「喂，夏樹……」

我轉身背對春乃的呼喚，衝回自己的房間。我像是在整理行李箱一樣，迅速地把原本想不通的好幾件事情整理到它該放的位置上。為什麼如此簡單的事情我到目前為止都沒有察覺到呢？而我原本前往姊姊房間的目的在此時已經變得一點也不重要了。

當我在床上坐下，按下手機的通話鍵後，大腦的某一部分突然冷靜了下來。我接下來打算做的事情真的是正確的行為嗎？我真的應該這麼做嗎？我能夠斷定自己所做的事情是為了她好嗎？

現在是星期五的晚上。時至今日，我偶爾還是會在同事口中聽見「花金」[3]這個詞彙。所以她不一定會接我的電話，而且很有可能正好和情人在一起。

3 花金：日本人會將週休二日的星期五（金曜日）稱為「花之金曜日」，簡稱「花金」，因為隔天就可以休假兩天，不管玩到多晚都沒關係。

我聽著來電等候音，腦中甚至浮現了「如果她就這樣一直不接電話也好」的想法。如果她最後沒接電話，那我就把這件事全部忘掉吧。明明不打算掛掉電話，卻又不惜根據對方的反應來改變方針，真的是相當卑鄙的優柔寡斷。

而且，通常在這種時候電話都會被接起來。

「……夏樹？」

她大概是從響起鈴聲的手機上顯示的名字得知打電話的人是我的吧。冬子的聲音裡帶著明顯的困惑。已經無路可退、只能豁出去的我，突然一陣口乾舌燥，只好以吞嚥唾液的方式勉強壓下了不適感。

「抱歉，突然打電話給妳。妳現在方便說話嗎？我有事情要跟妳說。」

「……你要跟我說什麼？」

她有些膽怯的態度讓我頓時驚覺到一件事。

如果是寫信的話，無論在什麼情況下都可以掩飾自己的態度吧。要假裝相信自己的情人應該也是輕而易舉的事情。

但如果是透過電話用自己聲音說的話，就沒這麼順利了。如果她剛才表現出來的怯懦是她無法完全隱藏起來的真實心情的話……

我不知道冬子究竟多相信她的情人。或許連她自己也不是很清楚吧。但她擔心要是放著這件事不管，我說不定哪天就又挖出了其他真相，於是決定把這當作是已經KISETSU完成的事情。她硬逼自己相信，也告訴我事情就是如此，想要強制結束這個話題。明明她自己其實也打從心底不認同對完答案的結果。

我小看冬子了。我一直以為對這件事無法釋懷的人只有我。但現在才察覺到也來不及，電話已經接通了。

「話先說在前頭，我要講的不是什麼愉快的事情喔。如果冬子妳不想聽的話我就不說了，如何？」

話雖如此，我還是給了她最後的選擇空間。不過，都到這個地步了，應該沒有人會說不想聽吧。我在這方面也表現得很卑鄙。

我聽到冬子深吸了一口氣的聲音。接著，她明確地回答了。

「沒關係。」

她已經做好聆聽的覺悟了。她很堅強。就算這是在逞強，一個人要是不夠堅強的話也是逞強不起來的。

那我就盡可能地縮短她承受精神痛苦的時間吧。因為急著開口的關係，我從結論說起的話語聽起來有些沙啞。

「冬子，妳男友……是不是劈腿了呢？」

6

「……你特地打電話給我，代表你應該不是毫無根據吧？可以仔細解釋給我聽嗎？」

我在長長的沉默後，聽見了冬子甚至帶有一絲諂笑的聲音。這也是在逞強嗎？還是說，想相信情人清白的她，只能藉由讓自己扮成小丑來佯裝平靜呢？

我想要幫助自己重視的人遠離腳踏兩條船的男人。但為什麼自責的情緒會如怒濤般湧上心頭呢？

「在波斯菊照片這件事裡，最大的謎題不是妳男友為什麼會擁有那張照片。畢竟他有太多種管道可以獲得那張照片了。最關鍵的問題是，為什麼妳男友會那麼堅持寄給妳在能古島拍的照片，甚至不惜把拍攝地點謊稱為廣島。」

「是啊。」冬子附和道。

「但是，其實在我開始那麼想的時候，就已經踏進錯誤的路線了。為了接近真相，我必須往以下的路線思考才行……如果妳男友根本就沒有寄那張照片的動機呢？也就是說，**如果寄出那張照片的人並不是妳男友呢？**」

實際上我已經問過冬子，那封信是否真的是她男友寄來的了。但我聽到她的回答後就馬上否決這個懷疑。無論是信件從男友的手機寄出，或後續的信件來往是由男友親自書寫的事情，她都已經讓我承認看起來的確是如此了……但是，陷阱就在這裡。

「寄件者的手機號碼的確是妳男友的，後續和妳互傳信件的我想大概也是妳男友本人。但是，如果在妳男友身邊有個和他熟到可以操作他手機的人呢？而那個人正好擁有寄那種照片給冬子妳的動機。」

換句話說，那封信是某個在冬子男友身邊的人，把自己準備好的照片檔案放進他手機，然後再擅自寄給冬子的……而那個人正是冬子男友的劈腿對象。這就是我的結論。

讓冬子想像那副情景應該是件很殘忍的行為吧。她像是要甩去那副情景似地，輕聲乾咳了一下。

「如果事情跟夏樹你說的一樣，那就可以解決我男友沒有理由要寄照片給我的問題了。但是說服力還不是很足夠。為什麼夏樹你會認為我男友身邊還有其他人呢？」

「那是因為我想到，廣島正好位於中間。」

「中間？」

「嗯。廣島的位置正好在妳男友居住的神戶和拍攝那張照片的福岡中間。」

我剛才聽了春乃的話後，猛然察覺到一項事實。分別住在福岡和北海道的人約在東京碰面。這正是將與這次波斯菊照片之謎有關的三個都市用一條線串在一起的關鍵。

如果搭新幹線的話，博多站到廣島站、新神戶站到廣島站所需要的時間幾乎一樣，都是一個多小時。所以，正好能讓分開居住在福岡和神戶的兩人以最短移動距離會合的城市，就是廣島。

冬子的男友是學生。能自由使用的金錢有限是很正常的事情。去見住在遠方的人時當然也會盡可能減少支出吧。這件事就算站在對方立場來看也是一樣的。無論他劈腿的對象有沒有收入，都不可能特地選擇會被冬子察覺到的神戶作為相會的地點。所以會約好在廣島幽會也不是什麼稀奇的事。

「雖然只是我的推測，最初妳男友應該是真的為了參加研討會才會去廣島的吧。而那名女性知道這件事後，便因為機會難得而配合妳男友的時間到了廣島。他們兩人在那邊有了進一步的關係後，就開始以三個月一次的頻率碰面，而妳男友則向身為女友的妳謊稱他是要去參加研討會。」

「……經你這麼一說，我男友第一次參加研討會時看起來的確是忙得不可開交。但從第二次開始就不是那樣了。雖然我一直以為那是他已經習慣了。」

冬子對我的說明表示了認同之意。但她語尾帶著一絲自嘲，讓我相當不忍心，不知道該怎麼接話才好。

「我男友大概也是跟那個人一起去廣島觀光的吧。然後，他的外遇對象應該是想告訴我『我們在妳不知道的時候很愉快地跑去約會喔』，對我炫耀這件事吧。」

「呃，這我就不知道了……」

「不過，夏樹你是知道的吧，知道那名外遇對象為什麼要特地事先跑去能古島拍下那張波斯菊的照片，再寄給我。」

我啞口無言。我早就察覺到冬子並非對她男友深信不疑了。但我沒料到她對波斯菊照片所隱含的訊息早有頭緒。

她彷彿看穿了我的震驚，馬上就繼續往下說：

「我其實一直覺得很奇怪。為什麼要在信裡使用『踩壞』這兩個字，或是特地把倒下的波斯菊拍進去呢？所以我就去查了波斯菊的花語。」

她大概是因為我提起了油菜花的花語才會聯想到的吧。而波斯菊的花語正是……

「結果查到了『少女的純真』這幾個字。」

將冬子對男友的純真踩壞……這正是冬子男友的劈腿對象想透過那張照片傳達的真正的訊息。

我沒有要把劈腿這行為一概定論為壞事的意思。沒有詳細理解每個人背後的理由就反射性地認為某件事一定不好，是一種很粗率冒昧的想法。只要同樣身為人類，無論是什麼人都沒有這種權力才對。

不過，把踩壞的波斯菊照片送給對方，嘲笑對方純真的行為，無論當事人有什麼理由，都是完完全全的惡意。她覺得只要沒被對方發現就不會有事了嗎？她認為只要對方沒聽見，不管罵得多難聽都是可以原諒的嗎？

要以本來就很尖銳的言語傷人是非常容易的。不過，有時候不使用直截了當的方式，反而會讓想傳達的訊息變得更尖銳傷人。這和三歲小孩為了抗議而在便條紙上寫下名字的理由不一樣。他要是知道更多文字的話，應該會用更直接的方式責罵對方才對。

只要她有心，甚至可以徹底破壞冬子和男友之間的感情。而我就是因為她刻意不這麼做，才會感受到令人汗毛直豎的惡意。

「那個，冬子，雖然有點難以啟齒，但那兩個人現在……」

「我知道。」冬子打斷了我的話：「我男友已經跟我說他下個月也要去廣島了。這代表他們從前年秋天開始就一直是那種關係了。照理來說，他們在我和我男友分手的期間應該就可以正式開始交往了才對。」

接著，她談起了以下的話題。

「夏樹你應該知道吧，我結束留學回來日本的時間是三年前的夏天。」

冬子在進入大學後第二年的夏天去加拿大留學了一年。她說的三年前的夏天正好是我念大三的時候。

「我回國後沒多久，就和當時是大四生的男友開始交往了。然後，十一月的時候有我們大學的校慶，我和男友兩個人在逛各種攤販的時候，有個女人用很親暱的口氣呼喚我男友。她是個長得很高眺，眼角有顆痣的美女。我男友在介紹她的時候說她是高中時的同學。」

接著她沉吟了一會，感覺是在思考要用什麼詞彙來表達。

「該說是女人的直覺嗎……我看到那個女人的時候，就有種『啊……這個人很危險』的感覺了。雖然她很正常地對我露出友善的笑容，但我感覺到她的雙眼是在敵視我這個同性競爭對手。夏樹你有過這種經歷嗎？」

「我好像可以理解。」我如此回答。來自同性的嫉妒是很難處理的麻煩。往往會讓言行的目的變成只是想貶低對方，而不是為了自己。

「在那之後我觀察了一陣子，但當時男友並沒有出現什麼特別奇怪的舉動。到了隔年春天，我聽說那個女人找到工作，被派任到遠方後，就徹底放心了……」

關於這件事，冬子男友似乎是這樣對她說的。

——之前在校慶遇到的同學，後來好像被派任到妳老家那邊了。

同年秋天，冬子的手機就收到了波斯菊的照片。

「……我覺得自己真的好笨。不僅完全沒有發現，還在復合的時候深信男友非常迷戀我。」

不過呢……她這麼說。聲音裡有著克制不住的顫抖。

「他應該是把我當成笨蛋吧。我們兩個之前可是分手了喔。他們兩個大可以在這段期間正式交往啊。結果他沒這麼做就算了，在我接受復合要求後還跟那個女人繼續來往……他一定覺得很好玩吧。一定在背後偷偷取笑什麼都不知道的我吧。他真的把我當成笨蛋。」

我覺得我必須說些什麼。雖然我不知道這時最適合說的話是什麼，甚至不確定這世上究竟有沒有適合在這時說的話，但我還是覺得自己應該先開口才對。

「冬子，我……」

「沒關係的。」

她這句話刺進我耳裡，我突然想起某件事，感到不寒而慄。

舉例來說，平常在便利超商買東西的時候，如果店員詢問需不需要幫忙微波，我會回答「謝謝，沒關係。」那個「沒關係」是不需要的意思。

在這通電話的開頭，我曾問過冬子想不想聽這件事。當時她回答「沒關係」。我聽到這句話後，認為她很堅強。

但如果那句回覆並不是冬子在逞強呢？

如果她是不想聽我說，才說出那句意思是不需要的「沒關係」呢？

我知道以那段對話的情境來看，用「沒關係」來表達不想聽的意思是有點牽強的。但起碼我可以確定冬子現在說的「沒關係」並非是在對知道男友劈腿這件事故作堅強。我不需要你的安慰，就算聽了也沒意義……這才是冬子想告訴我的話。既然如此，我又怎麼能斷定自己剛才沒有聽錯她那句「沒關係」的意思，不小心性急地先把結論告訴她呢？

「……我沒關係[4]的。」

冬子又重複一次這句話，然後就把電話掛斷了。我在電話掛斷後令人難以忍受的死寂中想到一件事：今後只要看到油菜花或波斯菊，我大概都會想起今天發生的事吧。

7

到了四月底的某個夜晚，冬子傳來了一封簡訊。

---

4 日文的「大丈夫」有「沒問題」與「不需要」兩種意思，此章節一律譯為中文上意思較曖昧的「沒關係」。前句店員詢問的原文是「需不需要收據」，此處也稍作更改，較符合中文對話的語境。

「哈囉，夏樹！我今天有兩件事要向你報告。」

我在客廳看到信件開頭的這句話，就先走進自己房間，躺到床上後再接著往下看。總覺得這項行為已經變成一種禮儀了。

「第一件事。我跟男友分手了。

事情全部都跟夏樹你說的一樣。我一追問，他就很乾脆地全招了。明明之前一度分手的時候還那麼拚命求我復合，這次又跟他說我想分手的時候，他卻完全沒有想挽回的意思，只說了句『我知道了』，實在是有夠無趣。

當然了，要說不沮喪的話是騙人的。但是我覺得那種人還是早點分手比較好吧。雖然我自己在復合之後因為不想又失望，也沒有放太多感情下去就是了。

就這方面而言，夏樹，我真的要感謝你。竟然只靠一張照片就揭穿了他劈腿的事情，你這次的觀察者態度仍舊讓人驚訝呢。」

我還沒有愚笨到會照字面上的意思來解讀冬子寫的那句「謝謝」。我可以輕易地看出她完全是顧慮到我的感受才會那麼說，至少在現階段，她並沒有想要感謝我多管閒事的意思。

不過，即便如此，我還是認為冬子說得沒錯，分手是對的。若將眼光放遠一點的話，我的多管閒事應該也是再正確不過的行動吧。冬子是一名很出色的女性，以後一定會和更適合她的人在一起。到了那個時候，她就會打從心底感謝我為她做的事情了吧。我現在只能如此相信了。

話雖如此，她在表面上還是對我說了謝謝。那我也只要在表面上坦率地收下這句話就好。如此一來這件事就可以落幕了。

冬子的信還有後續。

「接著要報告另一件事。

……我被派任到大阪了！

啊！我不要啦！我想回福岡！」

我不禁苦笑起來。如果她和男友分手後能離開關西地區的話，那當然是再好不過了。但並非凡事都能如意，就是所謂的人生。

冬子之前就讀的大學在神戶，我想她應該會有一些朋友因為工作的關係住在大阪吧。不過，如果扣掉一個月的研習時間，那還是跟居住在一個完全不熟悉的城市裡沒兩樣。

雖然大家都說「居久則安」，但一開始的時候會感到寂寞或不安也是理所當然的吧。我只希望冬子接下來要居住的這個城市能對她溫柔一點。

我想起了上週末發生的事。

和冬子通完電話後，隨著日子一天天過去，心中的自責也變得越來越強烈。我覺得自己的身體好像快被人從中間撕裂成兩半了，一半是主張我做的事情是為了她好的理性，另一半則是責備多管閒事的感性。

就在我不知道該如何是好的時候，腦中突然冒出了再去一次能古島的念頭。但這個想法並沒有什麼太深奧的含意，只是一個想藉由再次造訪整件事的發源地來洗刷討厭記憶、既突然又不合理的行動罷了。

那天和上次一樣，都是個氣候相當宜人的日子，天空和海洋看起來特別蔚藍。不過，鋪滿自然公園山丘的油菜花已經在幾週的時間裡過了盛開時期，大部分都凋謝枯萎，變成了相當黯淡的顏色。大概是覺得這樣子就算拍下來也沒意義吧，周遭的觀光客雖然仍舊拿著相機到處拍，卻沒什麼人會刻意挑選油菜花田當作拍照的對象。

我在往下走到山丘的中段時發現了一名女性。

那時我回過頭，發現景物後方的天空相當耀眼。我在景物中看見了一個剛才還不在的人影，似乎正在把手機的相機對準已經褪色的油菜花田。

我一邊心想這世上還是有些奇怪的人，一邊無意識地盯著那名女性看。就算站在遠處，也看得出來她是高眺又五官分明的美女。然後，當視線移動到她的眼角時，我感到背部竄起了一股寒意。

她的眼角有一顆很顯眼的痣。

——她是個長得很高眺，眼角有顆痣的美女。

冬子說過的話在我腦中復甦。她好像說過已與她分手的男友下個月也會去廣島。既然現在沒有冬子這個阻礙了，那兩人應該沒有理由取消在廣島的約會吧。冬子的前男友將和冬子分手的事告訴他的劈腿對象了嗎？有可能已經說了，也可能還沒說。如果她用冬子前男友的手機把凋謝的油菜花照片傳給冬子的話，冬子會有什麼感想呢……

我突然一陣怒火中燒，心裡甚至湧上了想衝到那名女性身旁問她為何要拍凋謝的油菜花的強烈衝動。但我緊握著的拳頭在數秒後就鬆開了。

身材高眺、眼角有痣的美女……符合這些條件的女性應該到處都有吧。如果我真的在這裡碰上冬子前男友的劈腿對象，那簡直就跟奇蹟沒兩樣，但奇蹟是不會因為我有所期望就如此順利地發生的。

結果直到那名女性轉身離開油菜花田，我都沒有追上去。或許還是有人會被花朵枯萎的景色觸動心弦吧，就只是這樣罷了。

我想起冬子曾說過關於那名可能是劈腿對象的人的事情。既然介紹時說她是高中同學，那她應該也是一直住在神戶的人吧。這代表她一開始工作就被公司分派到完全不熟悉的福岡了，跟一年前的我一樣，才剛進入社會，正處於本來就很容易不安或迷惘的時期。況且她還必須在沒有熟人又陌生的城市裡獨自忍受這些情緒。我比較幸運，被分派到家鄉工作，不用經歷這種辛苦，但應該有很多人是一邊被類似的不安壓得喘不過氣來，一邊拚命度過每一天的吧。

如果在這個時候，和以前的朋友或情人間的小小聯繫能溫柔地安撫內心寂寞的話，即使是在道德上無法公諸於世的聯繫，也能給當事人的心帶來極大的安慰。說不定她會不惜跑到有點遠的地方也要和對方見面，在心中暗自期待著三個月一次的幽會。也或許她有時候必須要依靠這唯一的約定來忍住內心的不安。

冬子說她在那名女性身上感覺到出自同性的敵意。但這種事情如果不問當事人……不，就算問了當事人也不一定能確定吧。知道對方已經有正式交往的情人，不可能和自己在一起，卻又多次出遠門和對方見面，這樣的女性內心深處究竟在想什麼，應該是連本人都無法輕易說明白的吧。

不管怎麼說，那位女性把照片傳給冬子的行為都是不對的。但如果她每天都在不熟悉的城市裡與不熟悉的工作奮戰苦鬥，只能期待著在廣島的幽會，把這當成僅有的慰藉的話……

我覺得自己好像有一點點明白那位女性的心情了，雖然這一點點跟枯萎的油菜花所結成的油菜籽一樣微小。

對於才剛經歷過痛苦失戀的女性，我當然是沒有什麼話能說的。所以我只簡潔地在給冬子的回信裡祝福她能很快找到新的幸福，並對她沒有被派任到福岡一事表示可惜。不過，我在最後還加上了以下的內容：

「上週末我在外面走動的時候發現了開得很漂亮的花。我用手機拍了下來，所以把照片送給妳。

「之前我寄的花的照片害冬子妳留下了很難過的回憶，希望這張照片能讓妳忘記它。」

然後，我在信件裡附上了照片，照片裡有著看起來很可愛的花朵，呈現愛心形狀的花瓣邊緣是淡淡的桃色，排列成研磨缽的樣子，中間再如同水滴落下般點上一抹黃色。

花朵的名字叫月見草。當然了，我並不是隨便挑一朵花傳給她，這和三歲小孩的紙條及波斯菊的照片一樣，都藏有一些小訊息。

冬子對這種東西大概連理都不會理吧。我也覺得這樣子最好。若我希望她察覺到，那我肯定會用更好懂的方式來表達。

不過，如果冬子真的察覺到這項訊息，而且受寂寞所苦的她為了尋求陪伴對我伸出手的話，那就算要我拋開一切顧慮奔向她也沒問題……

我仰躺在床上，暫時閉上了眼睛。手機並未在這段時間內響起。冬子大概已經對花的照片感到厭煩了吧。這也在我的預料之中。

雖然不知道經過了多少時間，但我感覺得出來還沒有到半夜那麼晚。

「喂，夏樹……咦？」

突然間，我房間的門被打開了。我從聲音聽出對方是春乃，所以沒有改變姿勢，也沒有張開眼睛。在短暫的沉默之後，春乃低聲呼喚我。

「在睡覺嗎？」

「喂，春乃，妳好歹也敲個門吧？」

我只動了動嘴巴說出這句話，然後感覺到春乃鬆了一口氣。

「你在做什麼啊？一副好像已經死了的樣子。發生什麼事了嗎？」

我張開眼睛，看到了天花板。答案不自覺地從唇間溜了出去。

「……我在想跟喜歡的人有關的事情。」

大概是因為這句話聽起來哀傷得令人害怕吧。春乃接話時的語氣像是打從心底在擔心態度變得很古怪的弟弟。

「你還好吧？」

我緩緩轉向春乃，輕輕點了點頭。

「嗯，沒關係。」

——不是逞強也不是拒絕，就只是「沒關係」。

春乃像是想說「這傢伙真難搞」似地嘆出長長一口氣，笑了起來。她舉起一個黑布製的小袋子靠到臉旁邊，袋子上印著出租影片店的商標。

「我們來看電影吧。我租了一部比你之前看的還要精采的電影喔。」

她自己可能也覺得之前說出電影結局，對我很不好意思吧。

我抬起身子，追上走出房間的春乃。為了不干擾我們觀看電影，我把手機留在了枕頭邊。我在正打算穿過敞開的房門時猛然停下腳步，轉頭看向自己的房間。映入眼簾的是書籍、ＣＤ和電視遊戲之類的東西，數量並沒有多到符合愛好者的定義。

不是所有事情都如我所願，也沒有發生奇蹟，但這樣也不壞，不是嗎？畢竟我還是喜歡這種連喜愛的事物都找不到的日常生活。

姊姊在客廳叫我快點過去。我關上房門，快步穿過走廊。

那天我送給冬子的月見草照片究竟隱含了什麼訊息呢？我並沒有親口告訴她答案。

第三話

夏

夏天的初生啼哭聲

1

剛洗完澡、全身還汗涔涔的時候，電風扇的風比冷氣還要令人舒爽。雖然梅雨季上週就宣告結束，真正的夏天終於逐漸到來，但七月時節，還是勉強能在每一天快結束時感受到些許涼意。

某個平日的夜晚，我把毛巾掛在脖子上，悠閒地在自己房間休息。紗窗外傳來蟲子打呼般的鳴叫聲，靠在耳邊的手機則可以聽見亞季在說話。

「……爸爸和媽媽聽說結婚的消息後都非常高興喔！」

她的口氣相當雀躍，就算是透過電話也能想像出她的笑臉。我受到她的影響，也跟著露出了笑容。

「這樣啊，那真是太好了。」

我姊姊春乃對亞季的評語是：「太可愛了，不想把她當成自己的妹妹。」春乃一點異性緣都沒有，這句話或許也帶有一點嫉妒的意思，但如果從我的角度來看，就算已經盡量不有所偏袒，還是覺得亞季的確稱得上是個美女。果然，她在念國高中的時候似乎還頗受異性歡迎的，但她自己好像對被人追求的戀愛沒什麼興趣，進入大學沒多久交了男友後，就一直對對方很專情，現在終於決定要結婚了。

「不過，總覺得有點不好意思呢。排行最小的自己竟然是第一個確定結婚的。」

大概是在告知家人後就自然而然浮現了這個想法吧。亞季好像打從心底感到不好意思地這麼說，我便一邊想像小我兩歲的妹妹穿婚紗的樣子，一邊回答她。

「被妳顧慮到的人反而會覺得很不是滋味喔。」

「是這樣嗎？」她喃喃說道。再怎麼努力擺出顧慮別人的態度，也無法掩飾不經意流露出的幸福感。我撿起掉在地上的雜誌，啪啪啪地朝臉頰搧風。

「接下來會變得很忙吧。」

「是啊，首先必須要預定婚禮會場，決定舉行婚禮的日期才行……還有，我希望能早點讓雙方家人先見個面。」

不愧是準備要當新娘的人，腦袋裡似乎已經有計畫了。我開口附和幹勁十足的亞季後，突然想起了一件可以幫上忙的事情。

「如果要讓雙方家人先見面的話，不管怎樣都會是其中一邊去找另一邊吧。」

「畢竟兩家離得很遠嘛。」

我們家除了在大阪生活的妹妹之外，其餘四人都住在這間位於福岡的房子裡。但對方好像全家人都是住在奈良縣的老家。

「那就爸媽、姊姊和我四個人到關西去吧。我的朋友在旅行社工作，之前見面的時候，她說如果是家族跟團旅遊的話，經由她介紹價格可以打折，我想這樣旅費會便宜一點。只要當成是順便來趟久違的家族旅行，大家肯定會感興趣的。」

「真的嗎？那我就不客氣地接受你的提議囉？阿夏，謝謝你。」

就某方面來說，亞季很乾脆地接受我的提議，讓我鬆了一口氣。她是個不管什麼事都會顧慮別人感受的人，但在家人面前表現得厚臉皮一點，反而會讓對方比較輕鬆，不會覺得喘不過氣來。

「還有，其實我很想在那之前先到福岡一趟，但不知道能不能抽出時間……」

「哎呀，如果沒空就別勉強了。總之，見面的事情我最近跟朋友商量後會再聯絡妳……啊，抱歉，今天電話就講到這裡吧，我跟別人有約。」

「有約？你這麼晚了還要出門嗎？」

現在已經快晚上十點了，亞季當然會覺得詫異。我說了聲「不」，明明對方看不見，卻還是揮了揮手。

「我沒有要出門，只是跟對方說說話而已。」

「是通電話嗎？」

「嗯，差不多就是那樣啦。」

雖然說是電話好像不太對，但我其實也不用解釋得如此清楚。亞季一副無法接受的樣子，不過或許她認為對熟人也該有禮貌，因此她並沒有深入追問下去。

我和亞季結束通話後，便急急忙忙地打開筆電。我啟動「epics」軟體，發現和我有約的人已經登入了。我點選對方的使用者名稱，按下「視訊通話」的按鈕。對方馬上就回覆了。

「……哈囉，夏樹，你好嗎？」

電腦螢幕裡的冬子將手掌面對著我，一開口就說了這句話。

epics是網路電話工具。使用者建立帳號後用電腦或行動裝置登入，就可以和已經登入的人用聲音交談、文字聊天或視訊通話。epics和用手機或市話通話不一樣，除了網路傳輸資料費，使用其功能基本上是不用付費的，所以在全世界都擁有許多使用者。

透過筆電內建的網路攝影機，能讓我和冬子互相傳給對方自己的影像。再加上麥克風和喇叭也都是使用筆電內建的設備，所以除了隔著螢幕這一點，我們交談的感覺跟直接見面說話沒什麼兩樣。

「抱歉，明明是我說要找妳的，卻讓妳等我。妳等很久了嗎？」

是我跟冬子說要約在晚上十點說話的。我誇張地雙手合十跟她道歉後，她搖了搖頭。

「我也是剛洗完澡沒多久，現在才登入。」

仔細一看，穿著白色T恤的她，及肩的長髮還有點溼潤。有種洗髮精的香味隔著螢幕飄了過來的感覺。既然已經洗完澡了，當然不可能化妝，但這也是她很信賴我的證據吧。不過，她沒化妝的臉還是跟我高中時見慣的那張臉一樣。

「我想妳應該已經知道了，今天我要跟妳說一句話。」

冬子表示認同地點著頭。我把摺好放在電腦旁邊的卡片拿起來攤開，展示在網路攝影機面前，說道：「冬子，生日快樂。」

「哇！謝謝你！」

喇叭傳來了冬子格外高亢的聲音。印著與我說的話相同的文字以及可愛花束圖片的生日賀卡，現在應該正顯示在她的電腦螢幕上才對……沒錯，今天是七月某日，冬子的生日。

2

我是在高中二年級時記住冬子生日的。

「……冬子，生日快樂！」

早上我來到學校，打開教室的拉門時，這句話正好飛進了我耳裡。

我看向冬子的座位，和我們同班的一名叫聖奈的女生站在冬子對面，正把看起來像禮物的東西交給坐在椅子上的她。雖然和習慣與固定對象來往的人相比，冬子算是比較能一視同仁地對待所有人的類型，但她跟聖奈的關係好像還是比其他人來得親密。聖奈是個感覺能在大圈子中心指揮人行動的人，可以說是有領袖魅力的女生，和不太喜歡引人注目的冬子不一樣。不過，就不會老是跟特定對象在一起的這一點來說，兩個人的個性還是挺合得來的吧。

「冬子，原來妳是今天生日啊？」

我把書包放在自己的位子後，便靠近冬子她們說道。冬子停下正要拆開聖奈送的禮物的手，眯著眼睛看向我。

「我之前應該就告訴過你了吧？夏樹真是的，明明老是連一點細節也不放過地觀察別人，卻對別人的內在或人格特質完全沒有興趣耶。」

這句話狠狠地刺中我的胸口。我們熟識的時間已經超過一年了，冬子肯定曾在對話中提過一、兩次她的生日。應該說，經她這麼一提，我好像的確聽她說過的樣子。

「連一點細節也不放過地觀察別人……？」

聖奈好像誤以為我是變態之類的東西了。我急忙否認兩人的質疑。

「不是那樣啦，是比較容易察覺到小地方之類的意思。但我沒辦法記得這些事情很久。」

應該說，別人就算了，冬子的話我自認是格外有興趣……但我如果這麼說的話，說不定又會被當成變態，就沒有講出來了。

冬子拆開包裝紙後，發現禮物是電影ＤＶＤ，片名是《羅密歐與茱麗葉》。電影並不是很久以前拍攝的版本，但這個選擇其實還挺有深度的，感覺很不錯……當我正這麼想的時候，兩人卻摸著大大印在外殼上飾演羅密歐的外國男性，興奮地尖叫了起來。看來聖奈之所以會選這當禮物，是因為她們兩人都很喜歡主演這部電影的演員。我對這位演員並不熟悉，但要是說出這件事，冬子又罵我「這我之前也告訴過你了。你是對我沒興趣才記不住的吧」的話就傷腦筋了，所以我決定閉嘴。

兩名女高中生一直重複地對彼此說著「謝謝」和「不客氣」，把我完全晾在一旁。我只好觀察她們什麼時候會結束，然後趁機把突然想到的問題說出口。

「不過，為什麼明明是夏天出生，卻要取冬子這種名字呢？」

結果她們兩人同時轉過頭看著我。經過一段尷尬的沉默後，聖奈接話了。

「這麼說來，我沒想過這個問題，但的確是有點奇怪……噢，冬子啊，為什麼妳是冬子呢？」

不用說也知道，聖奈突然用類似演戲的口氣說話，是在惡搞羅密歐和茱麗葉。這也讓我知道她大概是先看過電影才會選擇剛才那份禮物的。

冬子先是被聖奈逗得哈哈大笑，然後就對我說：

「你們就來KISETSU一下吧。」

「什麼KISETSU啊？」

聖奈疑惑地歪著頭。這是我和冬子在高中一年級時創造的暗號，只有我們兩個才懂，指的是替奇妙的事件找到合理說明的行為，但要是這樣老實地對聖奈說明，感覺還挺丟臉的。

「簡單來說，就是只要思考一下，我們便能知道為什麼要取冬子這個名字。」

我只把重點告訴聖奈，她便低聲說了句「原來如此」，噘起了嘴巴。

冬子臉上仍舊掛著歡迎我們挑戰的笑容。雖然我說只要思考一下就能明白，但目前掌握的資訊太少，根本無法進行推論。之前在KISETSU的時候，如果是由我或冬子其中一方出題，解題的人可以在對方能回答的範圍內提問。

所以我決定先從比較常見的方向開始進攻。

「我可以問一下妳父母的名字嗎？」

說到取名字的慣例，肯定會想到從父母那裡繼承文字或發音的情況吧。冬子似乎也預料到我會這麼問，回答時毫無猶豫。

「我爸爸的名字是努力的『努』，母親的名字是勝利的『勝』和孩子的『子』，勝子。」

「子」這個字的確是繼承自母親沒錯，但光看文字和發音，怎麼樣都想不到跟最重要的「冬」字有什麼關係。不過，如果簡單到光問這個問題就能明白的話，冬子也不會裝模作樣地搬出「KISETSU」這個字眼來吧。

「妳姊姊她們的名字裡……應該是沒有代表季節的字吧？」

聖奈知道是錯的，還是姑且提出這項可能性。冬子有兩個姊姊。雖然我一時想不起來她們正確的名字是什麼，但我記得兩人的名字都跟季節沒有關係。

「嗯，我們三個人毫無疑問地都是努和勝子的女兒，但姊妹的名字倒是沒什麼關聯性呢。」

「應該說那是我們家的情況才對。」我插嘴說道：「姊姊是春、我是夏，妹妹則是秋。」

哦，是這樣啊。聖奈如此回應。我偷看向冬子，補充道：

「如果之後我再娶個名字裡有『冬』的太太就很完美了……」

「好了，還有什麼問題嗎？」

冬子拍了拍手，把我的發言隨意敷衍了過去。我忍著想咋舌的衝動，決定換個方向思考。

「感覺很快就遇到瓶頸了呢。順便問一下，聖奈，妳的名字由來是什麼啊？」

聖奈對這個問題露出了苦笑，讓我有些意外。

「啊，我喔……是因為父母都是老師吧。」

「那跟妳的名字有什麼關係嗎？」

冬子似乎還沒想通，但我知道聖奈想說什麼。

「因為是聖職者嗎？」

「沒錯，所以他們就從裡面挑了『聖』這個字來取名。不過自稱聖職者這一點也讓我滿想吐槽的就是了。」

她剛才苦笑的原因大概就是這個了。不過她的口氣裡沒有輕視的意思，反而還感覺得到對雙親懷有一定的敬意。她這句話肯定也有掩飾害羞的用意吧。

父母職業跟小孩名字相關的情況也是有的。舉例來說，佛門或傳統藝術的世界裡應該就有用特定文字替生下的孩子取名的例子吧。我轉頭面向冬子。

「冬子妳呢？妳的父母是從事什麼職業的啊？」

「這個嘛，我爸爸在藥商擔任研究職，除此之外還接了翻譯工作當副業。」

「翻譯？」

我不假思索地反問她。當時的我覺得那是相當特殊的職業，也是第一次聽到身邊有人在從事翻譯工作。

「是啊，但不是文學方面的，都是英文的專業書籍或資料比較多。畢竟翻譯專業書籍時，只會翻譯英文是不夠的，還需要該領域的知識和觀念嘛。我爸爸年輕時曾因為做研究在美國待過一陣子，所以英文還不錯，現在似乎還是偶爾會有翻譯工作找上門。」

「原來如此，這我還是第一次聽說。大家對翻譯的印象比較偏向外語專家，但仔細想想，也不是沒有小說家替外國文學翻譯的例子嘛。」

我這麼說，想起了冬子希望大學能讀英文系的事情。而且我之前還聽說她想要出國留學。現在知道她主要是受到父親的影響後，就對這個目標產生一種欣慰感了。

「那勝子伯母是從事什麼工作呢？」

聖奈接著問道。冬子思考了片刻才回答。

「母親的話……我記得她與爸爸結婚前是在銀行工作。」

雖然她的態度看起來有些沒自信，但我從她的反應推測出冬子母親的工作應該和她的名字沒什麼關係。她之所以花了點時間才回答，是由於沒有預料到我們會問這個問題。以目前的情況來說，會詢問母親的職業明明是再自然不過的事情，她卻沒有預料到，代表這並不是線索之一……如果說得大膽一點，甚至有可能是我們已經問出必要的資訊，她才沒預料到我們會繼續問下去。

我暫時停止詢問攻勢，試著整理目前得到的情報。明明是在夏天，名字裡卻有「冬」字、雙親的名字、父親的職業，而且似乎不用太在意兩個姊姊的情況……

我沒花多少時間就推論出合理的答案了。

「KISETSU完成了。我想我的推論應該是對的。」

我一宣布，聖奈就伸出雙手抓住我的胸襟，開始逼問我。

「不會吧，你已經知道了？那就快點說給我們聽啊！」

「我說、我說就是了，妳快放手。妳不放手我也不能說啊！」

「到底是能說還是不能說啊！」

我被聖奈嚇了一跳，她也陷入了混亂。或許是我搶先看穿了和她感情很好的冬子的祕密，讓她覺得非常地不甘心吧。

這種充滿活力的態度就是她擁有領袖魅力的原因吧。我花了大約三十秒才總算擺脫聖奈的手，冬子只顧著在一旁偷笑，完全沒有要幫忙的意思。我整理制服襯衫的衣襟，對冬子說：

「事情果然跟我一開始想的一樣，冬子的名字是用雙親的名字來取的。」

「為什麼努伯父和勝子伯母的女兒會是『冬』啊？」聖奈嘛著嘴問道。

「這跟工作有關。」我繼續說：「冬子父親從事翻譯工作是一個很重要的線索。換句話說，如果把她父母的名字翻成英文的話，會出現什麼字呢？」

「英文？嗯……勝子伯母的話是win吧。努伯父的名字是努力的意思……effort之類的？」

聖奈的回答只對了一半。她似乎想自己把答案解出來，所以我又給了一個提示字眼。

「努伯父的話其實是更簡單的單字喔。類似『努力嘗試』的意思吧。」

「努力嘗試……try嗎？」

「沒錯！然後只要把這兩個字串起來……」

wintry，是代表「冬天的」意思的英文單字。

還有，雖然不知道冬子的父母有沒有想那麼多，但只要把勝子伯母名字裡剩下的「子」加上去，冬子這個名字就完成了。不直接使用漢字，而是將英文重新組合來取名，這是從事翻譯的人才想得到的主意。

「這麼快就猜出來了！夏樹你到底是怎麼知道的啊？」

冬子擺出了伸長雙臂、趴伏在桌上的姿勢。我沉浸於找到正確答案的滿足中，告訴兩人我剛才看到冬子回答問題時有所遲疑，才能夠完成KISETSU。

「什麼？竟然是從這麼細微的地方……」冬子驚訝地睜大雙眼。

「在這剛好一年的時間裡，我在經歷各種KISETSU的過程中學習到一件事，那就是許多線索往往是隱藏在不經意的反應和態度裡。無論何時都要小心謹慎地觀察，是提升KISETSU技巧的訣竅。」

「觀察啊……」

結果聖奈又對我投以像在看變態的眼神了。

「怎、怎麼了？是聖奈妳叫我說出來，我才仔細說明給妳聽的耶。」

「總覺得很難相信呢……竟然只靠那幾個線索就找到答案了。夏樹，你其實早就像跟蹤狂一樣把冬子的事情調查得一清二楚了吧？比方說真的一天到晚都在觀察她之類的。」

「跟、跟蹤狂……」

我完全說不出話來。我因為察覺到聖奈想自己解開冬子名字的祕密，才幫了她一下，結果她竟然這樣對待我。我以眼神向冬子求助，她卻好像被嚇到似地縮了縮身子。

我再次急忙否定兩人的意見。

「才、才不是呢。妳想想，如果我真的調查得一清二楚，肯定會知道冬子的生日吧？但實際上我卻不記得她的生日，所以不僅沒有準備禮物，也完全沒有要替她慶祝的意思。」

「……有人會臉不紅氣不喘地這麼說嗎？」冬子冷冷地說道。

「不，那是……」我支支吾吾地否認，她卻彷彿很失望地搖了搖頭。

「你果然對我沒有興趣呢。」

由於是我否認自己是跟蹤狂才會變成這樣，真的是左右為難。我低頭看著放在桌子上DVD的外殼心想：夾在家族與情人之間的羅密歐是不是也和我一樣左右為難呢？

3

那是距離現在剛好七年前的事情了，歲月流逝的速度真是快得驚人。

「在大阪的新生活過得還好嗎？」

我與當時的聖奈一樣，和冬子互相說了好幾次「謝謝」和「不客氣」後，便對螢幕裡的冬子這麼問道。她臉上浮現了看起來有些疲倦的笑容。

「很忙，總而言之就是很忙。」

正如冬子在春天聯絡我時所說的，結束五月的新進員工研習後，她就一直待在大阪工作。從那之後才過了兩個月，各方面都沒有喘息的空間，她一定覺得每天都過得很慌亂吧。不過，根據我這個先踏入社會一年的前輩的經驗來推斷，她應該很快就會適應現在的生活，然後覺得沒那麼緊張了吧。

其實我能夠像這樣和冬子用epics交談，跟她開始在大阪生活也有一點關係。結束新進員工研習後，她沒有選擇餘地，只能搬進公司租的公寓裡。明明位於都會區，手機訊號卻非常差，連我聽到後也很驚訝，所以雖然可以收信，但在講電話的時候就會斷斷續續的。

不過，據冬子所言，她所住的只有一個房間的套房中，玄關的收訊還算不錯，所以倒也不是很困擾的事情。但我光是想像冬子每次講電話時都只能坐在玄關與到房間之間的模樣，就不太想隨意打電話給她了。幸好那裡有網路可用，冬子也有一台筆電，我們才會使用epics來通話。這樣子也可以節省電話費。

「那妳就算梅雨季好不容易結束了，也沒空去別的地方玩囉？」

聽到我半是憐憫、半是調侃地這麼說，冬子聳了聳肩，然後就突然舉起筆電，把網路攝影機朝向窗簾後的窗外。

「你看到一棟很高大的建築物了嗎？那叫『帝國飯店』，是大阪屈指可數的高級飯店。」

我定睛凝視窗框內的黑暗，在不遠處看見了一座比周遭高出一大截的高聳建築物。自地面突起的飯店因窗內燈光而布滿有如斑點的亮光，讓我聯想到從沙子裡探出頭的花園鰻。我看到的景色位置不是很高，冬子的房間似乎是在一樓。

「嗯，我看到了。」

「八月的最後一個星期日啊，在飯店對面的河邊有煙火大會。聽同一棟公寓的前輩說，從這裡也可以隔著那間飯店看見放到空中的煙火……但當天很不巧有公司的固定活動，不管怎麼安排時間，結束後回到家都是晚上九點左右了。那個時候煙火早就已經放完了。」

「原來如此，那真是太可惜了。」

當我正在表達同情之意時，冬子把筆電放回桌子，重重地嘆了一口氣。說不定她比我所想的還要忙碌。

「我還是學生時，每年的這個時候一定都會去煙火大會。只要看著五顏六色的火光綻放在夜空中，就會深切地感受到夏天真的來了。我真的好喜歡那瞬間的感覺喔。」

我想像了一下冬子帶著現在那種陶醉表情看向夜空的樣子。在現實之中，她的側臉絕對不可能靠得跟我想像的這麼近。

「妳今年沒辦法去煙火大會了嗎？」

「工作沒辦法請假啊。畢竟我連中元節都沒有放假。週末也排了一些跟公司有關的行程。哎，沒看到煙火的話，就沒有夏天已經開始的感覺了……」

冬子把下巴靠在桌上，像小孩子一樣鬧起彆扭，害我忍不住笑了出來。

「我之前都不知道冬子妳這麼喜歡煙火耶。」

「對喔。我們沒有一起看過放到空中的煙火嘛。」

她說出這句話時大概沒有什麼特別的意思，卻讓我的胸口深處微微刺痛了一下。冬子沒有察覺到我的變化，帶著彷彿遙望遠方的眼神敘述了起來。

「我從小時候就很喜歡煙火了。到現在都還記得。」

據說那是她還在上幼稚園時的記憶。

「萌萌香姊姊、由梨繪姊姊和我三個人圍著老家的桌子，用各種顏色的色鉛筆把攤開在桌上的圖畫紙整張塗滿。感覺像在畫彩虹一樣，畫出了很多種顏色的色條。」

我試著在腦中想像那幅情景。年紀最小的冬子夾在兩個姊姊中間，緊緊地握著色鉛筆，努力塗滿圖畫紙。冬子很隨興地將紅、藍、綠、紫等顏色塗在紙上，兩個姊姊一邊做著相同的事情，一邊給予冬子各種建議。母親經過時雖然正忙於家事，但還是滿意地瞇眼看著兩名照顧妹妹的姊姊，稱讚冬子做得很好。

「順利塗完之後，接下來是拿黑色蠟筆再次塗滿畫紙。最後，等畫紙全部都塗黑，再用硬幣之類的東西刮開蠟筆顏料，畫出線條。就這樣畫了幾條呈放射狀的線條後……」

「就會在黑色蠟筆所畫的夜空映襯下出現色鉛筆煙火嗎？」

搶先回答的我內心十分雀躍。親手繪製的煙火一定在年幼的冬子心中留下了十分鮮明的感動吧。我甚至可以想像，兩位姊姊看到冬子的反應後露出得意笑容的樣子。

現在已經長大成人的冬子點點頭，當時的感動似乎又在她心裡復甦了。

「你說不定會笑我是不是把順序搞反了，但我認為我到現在還很喜歡煙火，或許是喜歡那張畫的關係。有時候我只要看著夜晚的天空，就會想要用手去刮出線條來。我覺得這樣做，好像就會有各種顏色的煙火從底下浮上來。」

螢幕中的冬子做了個用指甲在空中揮舞的動作。但她隨即就跟結束演奏的指揮家一樣放下了手。

「大概是因為自己開始工作了吧，最近我有時會突然間想起以前的這種記憶，覺得一陣酸楚湧上心頭。然後就會想，能像那樣子和兩個姊姊或爸爸媽媽一起度過的時間，是不是真的已經所剩無幾了呢？」

離開家鄉生活應該也會讓這種想法變得更強烈吧。下次什麼時候才能回老家？雙親是不是永遠都能健健康康？一開始思考就沒完沒了了。而且我記得冬子的兩個姊姊都已經嫁作人婦了。說到結婚，我家之後或許也會遇到類似的情況。

「我啊，在大學畢業的時候規畫了一次家族旅行。幸好兩位姊夫都是通情達理的人，還沒有小孩的萌萌香姊姊跟女兒今年春天就要上小學的由梨繪姊姊都獲得了丈夫的許可，才能好好享受只有我們一家五人的家族旅行。一方面也是因為這或許是最後的機會了。」

「哇，妳好孝順啊。」

我坦率地說出心裡的感想後，冬子謙虛地表示，那只不過是個兩天一夜的溫泉旅館小旅行而已。

「現在我們一年頂多只有一、兩次機會能全家團聚了吧。上次難得能聚在一起好好聊天，結果有一半都在講以前的事情。像是我們小時候做了什麼，或是十幾歲的時候過得怎樣之類的。至於剩下的一半，則可能是因為我馬上就要開始工作，都在聊我們家接下來會怎樣。」

明明是基於冬子的強烈希望才終於實現的家族旅行，但她談論的時候看起來卻莫名地苦悶。

「那讓我覺得好像在交互對照過去的自己跟未來的自己……所以我就忍不住在想，我是否漸漸地成為自己小時候所認為的理想大人呢？我是不是反而離那個目標越來越遠了呢？」

在對話短暫中斷的時候，紗窗外有輛輕型機車發出不解風情的引擎聲急馳而過。

冬子的雙親在最小的冬子出社會後，養育孩子的工作就告一段落了，兩個姊姊也各自結婚，組成了新的家庭。看到周遭的家人變成這樣，冬子應該會覺得自己頓失依靠，就像是飄在空中的肥皂泡泡吧。她只專注於像拍照一樣被獨立擷取出來的過去和未來的片段，忘了中間那些拚命活著的時間，就對好不容易走到現在，卻還沒有任何成就的自己產生了疑問。

我在十幾歲時沒有明確的夢想，正逐漸放棄過著精采刺激人生的想法。但冬子在那個時候就有了從事翻譯這個遠大且明確的目標。可是，到了現在，那個目標還停留在不知道如何實現、曖昧模糊的樣子，卻被忙得不可開交的冬子拋置到腦中的角落去了。以前冬子曾隨口跟我說過：「如果只有英文能力很強的話，滿足這項條件的人在世上多如牛毛。我和爸爸不一樣，沒有比其他人還要強的專長。」

「妳現在的公司應該也是看在妳的經歷和留學經驗上才錄用妳的吧？妳的過去確實與現在相連著，而且會替妳開拓未來的可能性。」

我忍不住替她辯護。但在她耳裡聽來似乎只是安慰之詞。

「但是我們公司幾乎沒有會用到英文的部門。當然了，我並沒有捨棄想從事翻譯相關工作的心情。但我去留學已經是三年多前的事情了耶。如果再這樣繼續過著與英文無緣的生活，我只會慢慢忘掉好不容易學會的語言而已……不，其實我是很清楚的。如果不想讓事情變成那樣，我還是有能夠多多接觸英文的機會，說穿了，是我自己要把日子過得那麼忙碌的。」

冬子的話已經超越自省的程度，帶有一點自嘲的意思了。如果她是藉由這樣來鼓勵自己的話，那不管說什麼我都願意聽。但今天是值得慶祝的日子，我希望冬子能覺得幸福一點。

「既然如此，」我刻意用很開朗的口氣說道：「妳二十四歲的目標等於已經決定了嘛。」

「就是要盡可能地成為一個理想的大人，對吧？」

看到冬子恢復平常的笑臉，我鬆了一口氣。

「妳今年的生日過得如何？還有其他人幫妳慶祝嗎？」

「我想想，和我同期進公司的同事裡有個和我比較要好的女生，她說她這次要幫我慶祝生日。然後，如果是簡訊的話也有很多人寄給我喔。高中朋友的話就是聖奈之類的……萌萌香姊姊和由梨繪姊姊也寄了信給我。」

「原來如此，聖奈也……」

我之所以說到一半突然停住，是因為察覺到一股莫名的異樣感。

「……夏樹，怎麼了？」

冬子發現我不太對勁，楞了一下。但我還是沉默片刻，試圖掌握異樣感的來源。剛剛才喚醒的記憶。與聖奈的對話、冬子名字隱含的意義。今天寄簡訊給冬子的兩個姊姊的名字是……

「冬子，妳還記得我們以前曾聊過有關妳名字由來的事情嗎？」

「好懷念喔，」冬子笑道：「那也是發生在我生日那天對吧？為什麼出生在夏天的我會是冬子這個名字。當時聖奈也在，你們兩個因為我的事情討論得很熱烈，我好開心。」

「當時我因為正確地完成了名字由來的KISETSU而相當滿足……但其實那個KISETSU不夠完整吧？」

冬子聽到我這麼說，疑惑地歪了歪頭。她的動作毫無不自然之處。

「夏樹說的沒錯，是win加上try變成了『冬』啊。沒有不完整的地方喔。」

「那麼，妳的名字為什麼和妳兩個姊姊都沒有關聯呢？」

——妳姊姊她們的名字裡……應該是沒有代表季節的字吧？

當時聖奈提出的假設的確和冬子的取名沒有關聯。而且我在聽到這句話的瞬間也沒有馬上想起冬子兩個姊姊的名字。才會沒注意到她們的名字與冬子沒有關聯是很奇怪的事情。

「由梨繪小姐和萌萌香小姐的名字，除了寫起來剛好都是三個字之外，名字裡還都有花名，分別是『百合』和『桃花』[1]。換句話說，在長女和次女出生的時候，妳父母很明確地替兩個女兒取了有關聯性的名字……那為什麼三女會變成『冬子』呢？為什麼要突然用父母的名字來取名呢？這顯然是件很奇妙的事。」

我最先想到的假設是，可能只有冬子的父親或母親和兩個姊姊不一樣。但冬子已經親口否認這件事了。她在七年前已經很清楚地說過，姊妹三人毫無疑問地都是努和勝子的女兒。

別人姓名的由來，有時是個很敏感的話題，我並不想當那種隨便追問這種事的無禮之人。

但這次的情況是當事人冬子從前就主動問我要不要KISETSU看看。我原本以為這次肯定也是冬子在對我下戰帖，但是……

當時冬子的表情該如何形容才好呢……她並未流露出任何情緒，以像是把所有感情在腦內用真空包封起來的神情對我說：

「這其實沒有什麼特別的原因，你不用太在意。」

「咦……」

我沒想到她會有這種反應，一時說不出話來。如果她表現出拒絕談論的態度，還算能稍微感覺到對方想法。但冬子剛才的反應不一樣。感覺既像是兩人之間隔著一堵厚實

1 由梨繪與萌萌香的日文發音裡分別包含了百合（YURI）和桃花（MOMO）的發音。

的牆，又像是連接兩岸的吊橋斷落了，或許該說是隔絕才對，毫無進入的餘地。

「先別說那個了，你剛才給我看的生日賀卡，反正機會難得，乾脆寄給我吧，我覺得滿可愛的。」

冬子彷彿什麼事也沒發生似地恢復原本的笑臉對我說道。由於話題轉得太硬了，還沒有自震驚的情緒中回過神來的我只能讓她牽著走。

「喔，好……那妳要告訴我住址才行。」

epics可以在進行視訊通話的同時互相傳送文字訊息。片刻之後，螢幕的右側就出現了冬子輸入的住址。

「你應該不會只寄卡片給我吧？」

冬子瞇起一隻眼睛對我這麼說，我便疑惑地眨了眨眼問：「妳的意思是？」

「當時聖奈好像送了我電影ＤＶＤ喔！」

真是的，只有在這種事上腦筋動得快。我故意大聲地嘆了一口氣。

「禮物是吧？我會想一下的。」

「那就拜託你啦！夏樹你觀察敏銳又頭腦靈活，我很期待你送我一個出乎我意料之外，又能讓我非常高興的超棒禮物喔。」

冬子笑嘻嘻地說道。既是她想要的東西，又要讓她意想不到，難度真高。我沒什麼自信地要求她給我一點時間，並得到她的許可，接著，一本正經地對她說：

「吶，冬子……」

「什麼事？」

「……抱歉喔，我說了讓妳不開心的事情。」

之所以刻意再次提起這件事，大概是想要卸下自己心中的大石吧。我很清楚，如果就這樣結束通話，我就會一直很介意自己錯失了道歉的機會。於是我為了一個只是想讓自己獲得解脫、簡直跟排泄沒兩樣的醜陋理由道了歉。

所以當冬子一瞬間露出驚訝表情，但隨即又溫柔地對我微笑時，我根本無法在她面前抬起頭來。

「沒關係啦，你別放在心上。那不是什麼不開心的事情。」

結束通話後，我毫無理由地站到窗邊，隔著紗窗望向外面。我試著思考冬子的態度為何如此詭異，但一點頭緒都沒有。為什麼她必須像那樣子隔開我呢？雖然剛才我硬是跟她道了歉，但不知道究竟是怎麼一回事的話，就會覺得道歉也沒意義，令人相當焦躁。我現在的心情就好像把ＯＫ繃貼在跟傷口完全不同的地方一樣。

但是，如果為了把它貼對而試圖尋找正確的傷口，恐怕只會讓冬子的傷口擴大吧。

冬子為什麼是冬子呢？睽違七年的問題又冒了出來，但我把這個像在模仿茱麗葉口吻的問題扔到紗窗外，拉上了缺乏潤滑的窗簾。

4

「……冬子的生日禮物要挑什麼比較好？」

我在隔週的週末走進了位於福岡市內的某間旅行社。站在明亮櫃台內側的女性員工聽了我的問題後，就突然發瘋似地提高聲音並瞪著我。她穿著背心和襯衫，脖子上還綁了一個藍色的大蝴蝶結，胸前別著印有很常見的姓氏的名牌，名字則是聖奈。

聖奈是我高中的同班同學，她在高中畢業後就進入私立大學攻讀國際政治，然後在旅行社就職。她被旅行社派任到自己的家鄉，現在在福岡市內的服務據點工作。她在這間旅行社已經待兩年了，除了負責實體據點的櫃台接待外，還會擔任旅行團領隊的樣子。

以上敘述有一大半都是冬子告訴我的。她和聖奈在高中畢業後並沒有斷了聯繫，仍舊保持密切來往。

「雖然冬子說相信我挑禮物的品味，但我完全不知道該送什麼她才會高興，所以想問問看同性友人的意見。」

我和聖奈平常並沒有特別要好，上次見到她已經是大約一年前的事情了。我試著擠出討好的笑容，盡可能不讓自己重要朋友的朋友留下壞印象，卻是徒勞無功。聖奈毫不掩飾地皺起了眉頭：

「你該不會到現在還不肯放棄冬子吧？」

「我、我才沒那個意思呢。是冬子自己跟我討禮物的，不能怪我啊。」

她卻一點也不相信我。她以跟七年前稱我為跟蹤狂時一樣的眼神看著我：

「我哪知道冬子想要什麼東西啊，這種問題你還是自己想吧。」

有夠冷淡。我不禁嘆起氣來。

我當然不是只為了問這種事情就特地跑來找正在上班的聖奈。主要目的是處理亞季提過雙方家人見面的事情，是以客人身分來找聖奈商量。我在電話裡跟亞季說的「可以幫上忙」就是指這件事。去年夏天我們召集待在家鄉的同屆同學，舉辦了一個小小的同學會，當時聖奈本人告訴我，只要來拜託她，就可以用比較便宜的價格預約家族旅遊的代辦服務。好像是這樣子就可以使用員工介紹優惠，聖奈也能賺取業績，雙方互惠的樣子。

因為必須問清楚旅館的所在地或住宿費等細節，我便來到聖奈工作的據點，呼叫她到櫃台，告訴她我們打算一家五人在關西地區住一晚。結果聖奈第一件事就是給我一張申請書，要我把代表者的個人資訊和住宿者的姓名等訊息填入正確的欄位內。據她所言，「只要決定好想住的旅館或住宿方案後跟我聯絡，剩下的我會幫你處理好」，這我可以理解。

聖奈現在正一邊看著我填好的申請書，一邊把資料輸進電腦裡。我原本只是想稍微閒聊一下才提起冬子禮物的事，沒想到她態度如此冷淡，害我心情變得很差，但又沒什麼事情可做，只好靜不下來地轉著椅子，在店內四處張望。

當輕快敲打電腦鍵盤的聲音停止時，我正眺望著放在遠處、國外蜜月旅行的宣傳小冊了。

「那個，不好意思……」

聖奈把申請書遞給我開口道，我便轉回來面向她。

「有地方漏填嗎？」

「不是啦，我們公司規定可以優待的只有員工的朋友和其家族。否則到最後會變成隨便什麼人都可以優待。」

一問才知道，要讓朋友使用員工介紹優待的話，該名員工似乎必須跟公司具體解釋自己和朋友是什麼關係才行。雖然感覺比想像中還要麻煩，但如果優待對象是「朋友」的話，說得極端一點，要堅稱當天在櫃台第一次見到面的人是朋友也並非不可能，而且恐怕會有員工為了累積業績而濫用這項制度，才採取這種防止措施吧。同樣的，要讓朋友的家人也享受優待的話，就得按照規定證明那是朋友的家人才行。

「那麼，我填的內容有什麼問題嗎？」

我回看了聖奈一眼，她便以指尖在申請書裡亞季的名字上咚咚敲了兩下。

「只有這位亞季小姐的姓氏不一樣，這是為什麼呢？」

哦，原來是這件事啊。我努力裝出若無其事的樣子回答：

「因為她已經要結婚了。她打算在最近先入籍[2]，等到春天的時候再舉行婚禮。」

既然身為妙齡女性，聖奈大概也跟一般人一樣對結婚有所憧憬吧。她停頓片刻後，神情逐漸亮了起來。

「原來是這麼一回事啊！那真是恭喜了。」

「這樣優待的事情就沒有問題了吧？」

「嗯，沒問題。剛才失禮了。」

聖奈敲打鍵盤的聲音變得更有節奏了。輸入工作告一段落後，她便把身體往後仰，靠在椅子上說：

2 入籍：日本人將辦理結婚登記稱為入籍，女性在婚後多半會改姓夫姓。

「哎呀，話說回來，你真是幫了我大忙。我們每半年就要算一次業績，壓力有夠大的。畢竟我有時候得負責當領隊，也不能一直拉客人累積業績。」

「我才要感謝妳給我們優待呢。」

我一邊回應她，一邊想像聖奈當領隊的樣子。既然她那麼擅長統領他人，當領隊的時候肯定也能完美地發揮這項能力。

我突然想起一件事，便對她問道：

「妳也會當國外旅遊團的領隊嗎？」

正如剛才我看到的宣傳小冊子所示，聖奈任職的旅行社的業務範圍很廣泛，遍及國內外。聖奈點點頭，答道：

「我反而是跑國外團比較多喔。我還在念書的時候曾經去澳洲語言交換半年，勉強還算會講英語。」

我有種被說中要害的感覺。她雖然不是專攻外語，卻也以相當明確的形式在工作上活用英語。冬子聽到她的話後會不會有什麼感觸呢？

聖奈當然不可能察覺到我心裡在想什麼，她接著說道：

「我每跑一次國外團就要花上一週的時間，對吧？業績可能無法達成目標的時候，就算去國外也開心不起來。今年三月的時候，也是冬子找我們處理家族旅行的事情才勉強達成業績的，那時真的很感謝她呢。」

這麼說來，冬子也跟我說過家族旅行的事情。原來如此，她也是拜託聖奈幫忙擬定旅行計畫的啊。雖然冬子因為那次旅行的關係，對自己的人生感到更加憂愁煩悶，但聖奈沒有必要知道這件事。所以我把冬子跟我說的旅行的事情稍微改編之後告訴了聖奈。

「冬子真的很替她的家人著想呢。她還高興地跟我說，旅行能夠成行真是太好了。因為這或許是最後一次機會，他們能好好享受沒有外人的旅行。」

「怎麼這麼說呢，如果是我的話應該不會把這當成是最後，而是希望之後還能盡量常和家人出去旅行。」

「不是啦，她說的最後應該是指姊夫和姊姊的小孩沒有一起參加的旅行吧。換句話說，今後可能沒什麼機會再像那樣只有一家五人……也就是只有努伯父、勝子伯母、由梨繪小姐、萌萌香小姐和冬子五個人一起旅行了。」

「你說錯了喔。」

我一開始以為聖奈是在頑固地堅持「冬子家以後不會再一起旅行是錯的」，所以聽到她接下來所說的話時我相當驚訝。

「你說錯名字了。夏樹你剛才說的冬子家人的名字是錯的。」

「什麼？」

不可能，那些名字的確都是冬子親口告訴我的。

聖奈從椅子上站起，走向後方的櫃子，拿著一張放在資料夾裡的紙走了回來。

「其實照理來說這種東西是絕對不能給別人看的，不過，你們都那麼熟了，應該沒什麼關係吧。」

聖奈這麼說著，給我偷看了一張我剛才寫過的申請書。但上面填的內容和我寫的不一樣，是用我見過的冬子筆跡所寫下的家人姓名。

聖奈的糾正沒錯。我記得的名字與冬子填寫的名字有出入。這究竟代表著什麼意思呢？只是我記錯了而已嗎？但這又不可能……

剎那間，我感受到有如煙火在空中綻放的衝擊，腦中靈光一閃。所以我才能隨即裝作若無其事地對聖奈露出傻笑。

「真的耶。不過，一般來說的確是不會像我這樣如數家珍地把朋友家人的名字一個個念出來啦。」

「除非你從以前就是冬子的跟蹤狂。」

聖奈收起冬子所寫的申請書，拿了幾本印有關西地區的推薦旅館的宣傳小冊子，在櫃台桌上咚咚敲幾下、整理好後交給我。

「這我七年前就否認過了，我從以前到現在都不是什麼跟蹤狂……」

「七年前？我以前也說過類似的話嗎？」

「妳忘記了嗎……算了，不重要。總而言之，預約的事情就拜託妳了，我之後會再聯絡妳的。」

「我知道了，謝謝你。」

我拿著宣傳小冊子從椅子上站起來。當我正想離開櫃台時，聖奈大聲叫住了我。

「啊，夏樹，等一下！」

我轉過頭，看到她豎起手肘靠在櫃台上，手掌托住下巴，抬頭望著我。

「雖然我不太清楚冬子想要什麼……」

這似乎是在說生日禮物的事情。結果她直接了當地對期待聽到建議的我說：

「但如果對象是你，我想與其送東西，不如給她個體驗或許會比較好喔？」

當天晚上，我在自己房間打開電腦，發現冬子登入了epics。

我們並沒有事先約定要上線，所以她應該只是在自己家裡悠哉地度過週末夜晚吧。

我鼓起勇氣按下視訊通話的按鈕，她馬上就接了起來。

「……夏樹？」

她穿著跟前陣子視訊時差不多的衣服，驚訝地睜大雙眼看著我。內建攝影機和麥克風的電腦實在很方便，就算突然有人找上門，也不用特別準備就能應對。

「突然聯絡妳真是抱歉，我想為上次的事情再好好跟妳道一次歉。」

「你指的是什麼事？」她這麼問我，應該不是在裝傻，而是真的摸不著頭緒吧。我不以為意地繼續說道：

「如果我知道冬子家裡的情況的話，上次就不會那麼隨便地表示好奇了。」

聽到這句話她似乎就明白了。她低頭縮起下巴，抬眼看著我。

「難道你察覺到什麼了？」

我點點頭，把白天在我腦裡綻放的高空煙火的真面目緩緩地告訴了螢幕另一頭的她。

「冬子的母親……勝子伯母在生下冬子後就過世了對吧。」

5

「你是怎麼知道的！」

冬子的聲音充滿了驚訝，但我並未在其中發現負面情感。看樣子她似乎並非不想提起這件事，或是無論如何都想隱瞞起來。這讓我暫且鬆了一口氣。

「一切都是偶然啦。其實我今天中午和聖奈見面了。」

「聖奈？」

「嗯，當時我們聊到了冬子，我就順著話題偶然說出了我記得的冬子家人的名字。結果聖奈告訴我，我說錯了。」

當時聖奈拿給我看的申請書中，只有母親的名字和我的記憶相違。也就是說，寫在冬子母親那一欄的名字並不是「勝子」。

這項事實幾乎等於是冬子名字由來之謎的解答，所以我看了聖奈拿給我看的紙有點像在作弊，不過，就算線索只有聖奈說的那句「名字是錯的」，我也遲早會推論出正確答案吧。首先，如果沒有發生什麼特殊情況，冬子的兩個姊姊應該是不會改名字的，而且前陣子我跟冬子視訊通話的時候，冬子也提起了兩個姊姊的名字。再來，雖然父母的名字有可能因為再婚等情況改變，但從冬子的一連串發言來看，她的父親從替她取名時到現在都一直是一名譯者，在這期間換成別人的可能性很低。

還有另一件事（雖然這是我後來才想到的），那就是冬子在七年前KISETSU的時候把努伯父稱為「爸爸」、把勝子伯母稱為「母親」。相反地，她前陣子和我視訊通話時，卻在「爸爸媽媽一起度過的時間」這句話裡用了「媽媽」的稱呼。由於這兩件事的時間隔得很久，我無法就此判斷她所指的是不同人。但是，如果把聖奈糾正我名字說錯的事情考慮進去，就可以推論出除了冬子所說的「母親」，也就是勝子伯母之外，還另有一名「媽媽」了吧。

「既然如此，要從那裡聯想到冬子的母親或許在生下妳之後沒多久就過世，並不是一件很困難的事情。冬子妳的名字沒有遵照前面兩個姊姊的命名規則，而是取用雙親的名字——特別是母親的名字來命名，是由於妳的母親過世了的關係。」

不過，給了我推論出正確答案的契機的聖奈本人，卻忘了七年前發生的那件事，連同她叫我跟蹤狂的事情在內。所以她並沒有察覺到冬子在申請書上所填的母親姓名跟先前聽過的不一樣。

「哎……竟然只因為母親的名字不一樣就能夠推論出這麼多事情……雖然夏樹你說KISETSU的訣竅是要隨持保持觀察者的心態，但從我的角度來看，就算能夠觀察到那些線索，還是會覺得要藉此進一步推論下去很困難呢。」

這次冬子並非出題者，只是我獨自闡明了看起來像是謎題的情況而已。但冬子卻說得彷彿自己認輸了一樣。

「夏樹你說對了，我的母親勝子在二十四年前生下我的時候就過世了。為了留下勝子曾活在世上並與爸爸相愛的證明，才會替我取了現在這個名字。夏樹，你真的很厲害耶。」

她雙手伸到胸前，輕輕地對我拍手。我看著她這副模樣，終於忍不住問道：

「為什麼之前我說這件事很奇妙的時候，妳要打斷我呢？」

雖然我並不知道詳情，還是改不了隨便把過世的人視為有趣對象的事實。我原本以為冬子肯定是因為這樣才不高興，但看冬子今天的反應，她似乎並未對此感到厭惡。所以我無法理解她之前為什麼會態度丕變。

「因為……」她回答的時候看起來有些悲傷。

「不管怎麼說，這都不是什麼愉快的話題吧？親生母親在生下自己的時候死掉這種事。夏樹聽了一定也會不知道怎麼回應吧？但我又不喜歡別人因為這樣就覺得我很可憐之類的。」

「很可憐？」

「很多人聽我說了實情後都會出現這種反應啊。他們會用既像憐憫又像同情的眼神看我。但是不用說也知道，我完全不記得任何有關母親的事情。而且自我懂事以來，現在的媽媽就已經在我們家了。所以我根本不覺得自己有什麼可憐的。」

從家族旅行的事情就可以感覺得出來，冬子理所當然地把這位沒有血緣關係的「媽媽」視為自己的家人，並且很敬慕她。雖然這樣說或許對故人有點殘忍，但冬子也跟許多人一樣，在成長過程中一直切身感覺到自己只有一個「媽媽」。

老實說，在冬子坦白之前，我也無意識地對她懷有同情之心。覺得自己彷彿看見了由一對生與死交錯的瞬間所造成的悲劇，正重重壓在冬子雙肩上的幻覺。我們認識的時間長達八年，我卻一點也不了解冬子。

所以我希望自己能知道更多冬子的事情。

「能請妳把妳家的事情詳細地告訴我嗎？」

我提出請求後，冬子臉上浮現了看起來好像害羞，又似乎有點高興的笑容。接著，她以壓抑著情感的聲音淡然地敘述了起來。

「姊姊她們好像還記得我母親勝子的事情。畢竟勝子過世的時候最大的由梨繪姊姊已經八歲了，這也是理所當然。母親本來身體就不太好，但懷我的時候已經是第三胎了，大家都不是很擔心……結果勝子卻在生下我的同時過世了，留下年幼的三姊妹，爸爸根本不知道怎麼辦才好。」

他當然會不知道怎麼辦。自己都已經悲痛欲絕了，還得照顧包括一個剛出生沒多久的嬰兒在內的三個女兒，而且因為要賺取生活費，也不能就此辭去工作。艱苦的程度超乎想像。

而支持當時的父親撐下去的便是現在的「媽媽」……冬子如此說道。

「爸爸和媽媽原本是高中同學，畢業之後還是一直保持聯絡的樣子。在爸爸的眼裡，媽媽似乎只是個志同道合的朋友，媽媽卻一直都對爸爸有好感。即使兩人已經畢業好多年，而且對方還結婚有小孩了。」

總覺得好像在哪聽過類似的敘述……但我決定現在先忘了這件事。

「媽媽在母親過世時還是單身，也因認識勝子而參加喪禮。她在喪禮上見到走投無路的爸爸，覺得自己必須做點什麼才行，所以跟不請自來的妻子一樣跑到我們家，對爸爸說女兒就交給她來照顧。聽起來很誇張，對吧？簡直就像在演連續劇。」

冬子臉上的表情跟苦笑差不多。原來如此，看樣子我的心並沒有單純到會把這段敘述自然而然地歸類於美談之一，難免會聯想到趁著愛慕的人走投無路時取而代之的情況……但冬子的媽媽並不是會做這種打算的人。

「當然了，媽媽也有自己的工作，並不是馬上就搬來和我們一起住。但姊姊她們雖然年紀還小，也體認到自己不能給爸爸添麻煩，好像很快地就願意親近媽媽了。在我懂事的時候，媽媽就已經搬到我們家住了，但據說當時還沒有跟爸爸入籍。而且好像是因為媽媽覺得對過世的勝子過意不去才一直拒絕這件事的。」

「過意不去？」

「媽媽年輕時似乎曾被醫院的醫生說體質很難受孕，所以一想到自己能體驗養育小孩的感覺，又能和以前就抱有好感的爸爸一起生活，就覺得自己好像在代替過世的勝子享受幸福，不由得愧疚起來。真是有夠笨的，媽媽明明也吃了很多苦，足以和那些幸福相抵啊。」

聽到冬子用一句「真是有夠笨」來否定她媽媽的想法，讓我深切地感受到她們母女的關係有多緊密。如果把對方當外人的話應該不會說那種話吧。

正因為冬子很普通地把她當成母親看待，也很普通地覺得自己給她造成了困擾，剛才那樣的台詞才會隨意地脫口而出。

「最後媽媽是在我五歲的時候被希望兩人結婚的女兒說服才答應入籍的。從那之後，雖然我們偶爾還是會吵架，但一家五口一直都相處得很好……這樣你懂了吧？我根本一點都不可憐。但我只要說起這件事，聽我說話的人往往會說出同情我的話，然後淚眼汪汪地要我把事情告訴他們。這時我就會忍不住覺得，沒有跟著難過哭泣的我是不是很無情呢？」

最後，冬子補上一句「所以我不是很想談這件事」，低下了頭。

「抱歉，我好像強迫妳把不想說的話說出來了。」

我低頭道歉後，冬子搖了搖頭。

「沒關係啦。仔細想想，夏樹你其實也沒有覺得我很可憐嘛。」

那倒是太看得起我了。她似乎也沒有因為認識了八年就很了解我是怎樣的人。當我還在煩惱該怎麼回應時，冬子像是要結束這個話題似地以比較高亢的聲音說道：

「哎，連在這裡也要聊家裡的事情啊……不過，因為至今受了家人不少照顧，我一直覺得從今以後必須認真努力回報他們才行。」

回報嗎……我的家庭也沒有什麼不和的情況，就這方面來說，我算是活得很幸福。但就跟水或空氣一樣，不太有機會去感受這些身旁的事物有多麼值得珍惜。現在的我有能力給予家人回報嗎？

「冬子妳覺得要用什麼方式回報才好呢？」

我好奇地問道。冬子摸著下巴對我說：

「結婚之類的？」

聽到這個答案，說我不覺得掃興是假的。只要我結婚，就可以報恩了嗎？

當然了，與其說冬子的回答是她自己的想法，倒不如說她只是在引用一般人的論點，她接下來又說：

「對父母而言，看到女兒結婚應該還是比不結婚來得放心吧，我是這麼想的啦。不過，最好的回報，或許還是讓自己過著毫無遺憾的人生吧，連這種要或不要的選擇也包含在內。」

「毫無遺憾的人生……」

話題變得有些抽象，我忍不住支支吾吾了起來。冬子倒是沒有想那麼多，以極其自然的口氣說道：

「因為不管是錢、教養、教育還是親情，只要覺得對家人而言是必要的，大致上都會提供才對……多或少、夠或不夠的問題暫且不提，至少大家都有試著提供吧？但我認為在這之中唯一一項絕對無法提供的東西，就是個人主觀的幸福。而若是當事人無法獲得這種幸福，那不管旁人給他再多其他東西都沒有意義……不，事實上是有意義的。但是，至少給予的人會忍不住覺得那是沒有意義的吧。」

舉例來說，當家人身上發生什麼悲劇時，人們明知道這是無濟於事，卻還是可能會責備自己，心想為什麼之前沒有想辦法防止悲劇發生，或是如果再多做些什麼就可以改變情況……就算不是家人大概也是如此。但是，只要跟對方相處的時間越長、對方與自己的人生越有關聯，人就會不惜去追溯源頭，想要確認原因是出在自己身上吧。就算在悲劇發生前的人生確實存在，而且充滿了幸福，但在悲劇來臨的瞬間，人也有可能會產生錯覺，認為自己給予對方的一切全是錯誤的吧。

所以，要掌握個人主觀的幸福，證明對方給予的東西是對的，才能回報家人。這就是冬子的主張。

我聽到之後愣住了。我完全沒想到冬子會對所謂的家人思考得如此深入。雖然或許是倒果為因，但總覺得這果然跟她母親過世有關係。即便她可能因為沒有親生母親的記憶，不會直接受到影響，但大概是看到雙親和兩個姊姊，又或者是看到周遭想同情她的人的反應，以及聽到和自己相反，與家人有血緣關係、卻因此而吃了苦頭的例子，才會開始思考這種事情的吧。

還是說，不曾思考這些事情的我其實活得太悠哉了，也對家人沒有感恩之心呢？應該報恩的時候已經逼近，我要是再不認真地面對自己的人生，那根本也不用談什麼報恩了。

因為覺得自己簡直就像個非常惡劣的生物，我只好慌慌張張地阻止對話的焦點轉到自己身上。

「換句話說，冬子妳認為過著毫無遺憾的人生，就等於個人主觀的幸福嗎？」

「嗯，大概就是那樣吧……但很難做到呢。」

我在她吐出的嘆息裡察覺到一絲放棄。

「我啊，在十幾歲的時候因為想當譯者而找爸爸商量過。結果爸爸聽我說話的時候看起來非常地開心。但是這也不能怪他，我等於是在告訴他，他的女兒很嚮往父親的工作嘛。」

大概從那天開始，冬子的夢想就已經不只是她自己的，也成為父親的夢想了。

「就算我放棄了夢想，爸爸也不會責怪我。但我一定會很後悔吧。我應該會一直很介意自己違背了爸爸的期待。雖然這些我都知道，可是……」

就算知道，也有可能身體就是不想動。目標有時會化為沉重的包袱，使人無法動彈。

我認為當人放棄一個夢想時，會有新的地平線從該處拓展開來。當事人應該是最清楚自己設下的目標有多少重量的，我沒辦法鼓勵她堅持目標，也沒辦法反過來讓她放下目標。誰也沒有這種權利。

不過，如果對方想聽到什麼話，那就另當別論了。而身為觀察者的我，雖然只是隱隱約約，卻察覺到冬子對我有什麼期待了。

「既然如此，妳要不要試著重新從小事做起呢？不要去做那些光想就發懶、很累人的事情，而是從就算在生活裡多做一些，也不會造成妳負擔的事情開始。」

我相信自己的感覺，鼓勵了她。為了不讓我的話成為她的負擔，我謹慎地提出了建議。

如我所預料地，冬子點了點頭。

「小事啊……我可以做什麼呢？」

「對了，既然是翻譯的話……閱讀英國文學的原文妳覺得怎麼樣？」

「這點子不錯耶！既然都要讀原文書了，還是選有趣的故事比較好。」

「那《羅密歐與茱麗葉》怎麼樣？」

我腦中想的當然是七年前聖奈在冬子的生日那天送給她的禮物。

「莎士比亞嗎……雖然感覺有點難，但說不定會頗有收穫呢。而且故事的劇情我早就知道了。」

「要不要順便從中學習怎麼談戀愛啊？就當作是為了不要再碰上糟糕的男人。」

「真是的，夏樹你很過分耶！還有，如果要看《羅密歐與茱麗葉》學習談戀愛的話，那就真的只會遇上糟糕的事情了啦。」

「這樣說好像也有道理喔，哈哈哈。」

我們一起大笑了好一陣子。當笑聲彷彿點著的手持煙火即將燃燒殆盡般停歇時，冬子在宛如餘煙的笑聲中趁虛而入，低聲說了一句話。

「……夏樹，對不起喔。」

我頓時恍然大悟。不是藉由理論，而是以直覺明白的。

她現在正打算放棄她的夢想。她已經累了，不想再繼續堅持成為譯者的目標，所以她才能夠以開朗到不太自然的態度接受我的鼓勵。

我慌了起來。是我剛才觀察錯誤了嗎？其實冬子並不想要我的鼓勵……

不，不對。是我懦弱的鼓勵並未動搖她疲倦的心。我不知道她對此有多少自覺，但她希望我能夠使她的心恢復活力，我卻無法回應她的這項期待。

現在才後悔已經太晚了，不管說什麼都無法再打動她的心了吧。當明白這件事時，我頓時覺得，我好像終於能接受自己是個相當低劣的生物的事實了。

「吶，冬子。」

在通話即將結束的最後一刻，我試著主動迎向剛才逃避的對話焦點。然後，我目不轉睛地看著冬子的雙眸，不是電腦螢幕，而是網路攝影機的鏡頭。

「我也會認真思考看看的。思考要怎麼樣才能毫無遺憾地活著。」

在那個瞬間，一股決心在我的胸中萌芽了。

6

轉眼間，過了一個月，八月也只剩下最後一個星期六了。雖然現在的日夜氣溫依舊很高，但世人已經對離去的夏天揮手說再見，歡迎即將到來的秋天的氣氛漸趨濃厚。

對大部分人而言，夏天早已一觸即逝了吧。但說不定有人連夏天開始這件事都還沒有實際感受到。我這麼想，聆聽著靠在耳邊的手機的來電等候音，過了十秒後，電話接通了。

「……喂？夏樹？」

聽到冬子的聲音，我暫時鬆了一口氣。

「抱歉，這麼晚打給妳。妳現在在家嗎？」

「嗯，我剛到家……夏樹，你在外面嗎？」

冬子大概是聽到了從我旁邊經過的汽車行駛聲吧。我簡短地回答了她的問題：

「嗯。」

我現在正走在兩旁是公寓或商店的小巷子裡。周遭視野相當昏暗，時間已經是晚上九點過後了。

我在十字路口前停下時，突然有隻貓從腳邊經過。我頓時想起高中時曾和冬子一起走在類似的昏暗小巷裡，有隻貓跟現在一樣從我們身邊經過的事情。當時她說自己不喜歡貓，相當害怕。我還記得自己那時心想，與其當個她不喜歡也不討厭的普通人，還不如當一隻被她討厭的貓。

「好難得喔。怎麼這麼突然？」

冬子口中的「好難得」指的是我用電話聯絡她的事情。最近我們通話一定都是使用epics。電話剛接通的時候聲音還斷斷續續，後來訊號就逐漸穩定了。大概是冬子走到據說收訊比較好的玄關了吧。

「妳之前說妳家附近的煙火大會是今天，對吧？稍微看到了幾眼嗎？」

我抵達目的地後，一邊進行作業一邊問道。冬子很不甘心地回答：

「不，最後還是沒趕上。結果今年就這樣錯過煙火了。」

都還沒有感覺到開始，夏天就要結束了，冬子如此抱怨。我用肩膀和下巴夾著手機，對她說道：

「那麼，雖然晚了很久，但我要給妳之前說好的生日禮物。妳現在應該已經可以看到了。」

「咦？你的已經是指……」

「妳看一下房間的窗戶吧。」

我馬上感覺到電話另一頭的冬子開始移動。手機的聲音又變得斷斷續續的了。在訊號恢復暢通的一瞬間，我聽到冬子發出了「這是什麼？」的大喊。

我一邊離開現場，一邊對著手機輕聲說道：

「……是夏天喔。」

她的雙眸現在應該正看著覆蓋了整面窗戶的巨大煙火才對。那是用色鉛筆和黑色的蠟筆塗滿整張圖畫紙後，在如夜空般漆黑的紙上刮出高空煙火的畫。

冬子家的地址，我是透過請她告訴我生日賀卡的寄送資訊得知的。此外，我還藉由網路攝影機傳來的影像看到窗外的景色，知道她的房間位於一樓，才想到這個計畫。而且我也聽她說過，八月的最後一個星期六有公司的固定活動，大概九點才會回家。

首先，我算準冬子回到家的時間打電話給她。由於收訊不好，她應該會移動到玄關，坐在通往房間的地方講電話才對。這樣一來她就會背對著窗戶了。接著我再悄悄地靠近冬子房間的窗戶，把事先準備好、畫著煙火的圖畫紙貼上去。然後只要直接叫冬子去看窗戶就完成了。之所以沒有在冬子回家前就先貼好，是如果冬子一回到家就看到那張圖畫，肯定會覺得很可疑。所以無論如何都想選擇以口頭告訴冬子的方法。

「夏樹……謝謝你。」

冬子隔著電話傳來的聲音相當明亮清澈。因此我知道她是真的很高興收到這項或許連騙小孩的把戲也算不上的禮物。

但除了生日的祝賀之外，這份禮物還有別的意涵。一個月前，我沒有回應她的期待、沒有打動她的心，而我現在打算再挑戰一次。

至於她是否察覺到我的想法，在聽見她接下來說的話後，我知道了答案。

「我還是來讀讀看吧……《羅密歐與茱麗葉》的原文書。」

對冬子而言，那張煙火的圖畫應該象徵了她小時候與家人的回憶才對。既然如此，或許只要讓冬子看到相同的東西，她就會想起自己小時候嚮往、理想的大人，並再次湧現想要成為那樣的人的欲望。

這或許會變成一個殘酷的打擊，也可能只是我的自以為是。但我還是想要替她打氣，無論我的影響有多渺小。我非常希望她能夠毫無遺憾地活著。

電話裡的聲音仍舊是斷斷續續的。突然間，冬子像是回過神來似地急急忙忙對著手機說道：

「話說回來，夏樹你應該就在附近吧？機會難得，見個面嘛。」

「不……我已經不在冬子妳家附近了。」

「怎麼可能，你不是剛剛才把圖畫貼在窗戶上而已嗎？吶，你現在在哪裡？至少讓我看一下你的臉……」

這時，電話終於斷訊了。

這樣就夠了。我滿足地點點頭，繼續往前走，不久後，手機就響了起來。我原本以為是冬子，螢幕上卻顯示著亞季的名字。

我沒有停下腳步，直接按下通話鍵，隨即聽到了帶有一絲責備的聲音。

「你好慢喔，什麼時候才會回來？」

「抱歉，工作的電話不小心講太久了。是很緊急的事情，才會在今天的這個時間打來。」

我說出捏造的藉口後，便聽到電話另一頭傳來嘆息聲。

「那就沒辦法了。不過，因為這是雙方家人見面的場合，你還是不要離席太久喔。」

我現在之所以待在冬子居住的大阪，是我把之前和亞季說的雙方家人見面時間定在今天。對方家住在奈良，我們家則是在福岡，才會基於交通便利性選擇在大阪會合。

見面的會場和我們一家的住宿場所就選在從冬子家窗戶也看得到的帝國飯店。會選擇這裡的最重要原因是當天可以在飯店欣賞煙火，但也要感謝聖奈利用候補等方式替我們找到了足夠的空房間。當然了，這全都是我為了贈送禮物給冬子所做的安排，在規畫時也很小心地不讓人察覺。

「抱歉，我會趕緊回去的。」

我掛斷電話，快步走向已經近在眼前的飯店。當我離開會場時，聚會的餐點都還沒有吃完。現在參加者應該都已經填飽肚子，正在閒聊往事之類的吧。而且無論是誰都和睦地祝福即將要締結連理的兩人。

——噢，羅密歐啊，為什麼你是羅密歐呢？

出自莎士比亞筆下的這句台詞意外地在此時閃過我腦海。

茱麗葉對著漆黑的夜晚說出這句話，是在哀嘆若羅密歐不是敵對的蒙特鳩家族成員，就能夠和自己在一起。如果羅密歐不是羅密歐，而是其他家族的其他男人就好了。所以茱麗葉才會說出這句話，並吐露她為悲劇般戀愛所苦的心情。

那我的情況又是如何呢？如果我不是我的話會怎樣呢？如果我不是已經和她這麼熟悉、深受她信賴，卻一直無法獲得她青睞的夏樹，而是別的男人的話，是不是就能達成心願，和最喜歡的人相愛呢……

當我回過神來時，已經停下腳步，一個人垂頭喪氣地站在路邊。看到自己沉浸在無意義感傷情緒裡的樣子，我甚至感覺到憤怒。只不過是稍微打動了冬子的心而已，得意忘形也該有個限度。而且雖然從今年開始我的心好幾次產生動搖，但我不是早就已經決定要和冬子維持朋友關係，不是嗎？在許多年前、還是高中生的時候。

我再次邁開步伐，不到一分鐘就抵達飯店了。我穿過豪華到令人眼花的大門，發現亞季就在大廳裡。她似乎剛好想帶我回聚餐會場，看到我後露出了詫異的表情，大概是對我從外面走進來這件事感到疑惑吧。

「抱歉，抱歉。大廳太安靜了，實在是沒辦法集中精神講電話。」

我跑向亞季，笑著擺出手刀的手勢向她道歉，然後就走到還想問些什麼的她前方，急急忙忙地返回等待我的家人所坐的飯桌。雙親、姊姊和妹妹全都責備我不該離席那麼久，但我和剛才一樣用捏造的藉口勉強應付過去了。

我一點也不愧疚。如果毫無遺憾地活著就是在報答家人的話，那我今天的確做到了。

冬子她一定能明白的。

那天我為什麼會待在冬子居住的大阪呢？我並沒有親口告訴她答案。

第四話

秋

你在夢之國度驚醒

1

「該選哪一個好呢……」

家居用品百貨裡的一角陳列著許多顏色、形狀和大小都不一樣的垃圾桶。它們前方有一名女性正把拳頭靠在下巴上陷入沉思。

因為是星期六，店裡有許多客人，相當熱鬧。站在來來往往人們之間一動也不動的她，簡直就像是豎立在河水裡標示航路的木樁。我在距離她背後數步的地方出聲呼喚她。

「哪一個都好啦……老媽。」

母親轉頭看我的臉露出了有些生氣的表情。

「我覺得設計上是這邊的橘色垃圾桶比較可愛，但是這個和我們家的和式客廳搭得起來嗎？相較之下，那邊那個有蓋子的感覺用起來也比較方便……」

「兩個都買不就好了嗎？這又不是多貴的東西。而且洗手間的垃圾桶也已經很舊了，不是嗎？」

「哎呀，那個還可以用啦。客廳的垃圾桶也是，要不是裂了，根本不會想要買新的來換。」

母親毫不猶豫地如此回答，我不禁聳了聳肩。真傷腦筋啊……今天明明是來買我要的東西。我站在又陷入沉思的母親後方，為了排遣無聊，便拿起手機開始寫信。

我是在大約九月中的時候正式收到調動至大阪分公司的消息。

其實我在進公司滿兩年的今年便提出想調動到關西的申請了。原本覺得應該沒什麼希望，沒想到公司回應得挺快的，夏天時上司就告訴我在下期調動的可能性很高。之後為了在下期業務開始的十月一日前進入狀況，我在大阪市內找到了新房子，預定於九月的最後一週，也就是即將來臨的下週搬過去。

雖然我打算盡量在當地買齊新家需要的東西，但必須從老家搬過去的衣服等物品也不少，不管怎麼樣都得拜託搬家公司。到了昨天晚上，我將這些事情都處理得差不多，準備迎接在福岡的最後一個週末時，母親冷不防地對我說：

「反正都要請搬家公司搬，趁現在把需要的東西買一買也好啊。」

說得也是，這和在大阪購買的情況不同，還待在老家的時候就可以用車子載。事先買齊體積較大的東西，之後在搬家時負擔肯定會減少很多。我便接受了母親的提議，母子兩人利用假日出門購物……但是……

看到母親一見到各式各樣的商品就說「哎呀，這麼說來那個也必須買呢」並停下來考慮的樣子，我逐漸覺得負責陪人購物的或許是我才對。現在我身旁的大型手推車裡放的絕大多數都是母親想買的東西。而且認真說起來，在還沒有實際居住過之前，誰會知道只有在參觀時看過一次的新家需要什麼東西啊。

我沒有花費多少時間就寫好為了排遣無聊而寫的信，在收件人欄位選擇冬子的電子郵件地址，寄了出去。我想把調動的事情告訴現在應該還在大阪的她。

當我的臉從手機螢幕前抬起來時，母親正好抱著有蓋子的垃圾桶回到了手推車旁。看來她終於決定好了。

「還是這邊的感覺比較好用呢。」

母親如此說道，掀了掀垃圾桶的蓋子給我看。最後還是基於實用性而不是外觀設計來選擇，的確很符合母親的作風。我配合垃圾桶蓋的動作點了點頭。

「那就這樣吧，我也覺得應該選這個。」

「哎呀，不過那個橘色的垃圾桶也很難捨棄呢。」

「很難捨棄？因為是垃圾桶？」

「你在說什麼蠢話啊？」

但母親在責備我的時候眼睛還是一直往橘色垃圾桶的方向看。明明是猶豫了老半天才決定放棄的，卻好像還是對它相當依依不捨……

望著她的側臉，我突然感慨了起來。

我終於要在二十四歲的時候離開父母獨立生活了。雖然過年或中元節放假的時候應該會回老家，但短時間內大概不會再跟父母一起居住了吧。我好歹也是長男，將來或許還是有可能和他們同居，但按照常理推斷，那起碼也是父母需要人照顧或決定退休時的事了。

由於我在大學期間就是搬離老家在外生活，對這次再度離家並沒有什麼特別的感覺。我到目前為止甚至沒有想過這是件特別的事情。畢竟像現在這樣很普通地和母親一起買東西的情況，或許在未來還會遇到好幾次也說不定。

母親是個連買個沒有很貴的垃圾桶都會認真考慮的人。雖然很神經質，但也因此心思細膩，個性穩重踏實，卻會對沒有被自己選上的東西心生留戀，我在這樣的母親扶養下活到二十四歲，成長為現在的自己。母親的眼角和嘴邊也因為同樣長的歲月留下了皺紋，而她今天所買的垃圾桶，我大概沒什麼機會用到了。

這是日常生活中再平凡不過的一幕，我卻很不可思議地覺得，自己永遠不會忘記今天的這幅情景。

準備結帳的人已經在收銀台前排成一小列了。母親說要幫我一起付，但我拒絕了，從手推車裡拿出自己的東西，搶在她之前結好帳。當我正看著母親所買的東西接在我之後通過收銀台時，放在口袋裡的手機震動了起來。

「……哈囉，夏樹！」

我一把手機放到耳邊，就聽見了冬子開朗的聲音。

「謝謝你寄信通知我。我一想到這樣我們又錯過了，就忍不住打電話給你了。」

「錯過？」

冬子以同時含有喜悅與失望的巧妙聲音「嗯」了一聲。

「我也在這個秋天要調到福岡了。」

「……哦，這樣啊。」

事情來得太突然，我頓了一下才回答。我沒有多餘的心力去思考該用什麼聲音回覆才好。總覺得賣場客人來來往往發出的嘈雜聲在這個瞬間中斷了。

「那不是很好嗎？妳一直很想被派任到福岡對吧？不過，話又說回來，妳好快就轉調了喔。」

「是啊，畢竟距離我開始工作才過了半年嘛。好像是福岡的分公司剛好有個空位，就選上我了。之前跟上司暗示說我想回家鄉真是太好了。」

「不過這時間點還真是巧啊，沒想到我們兩個會剛好錯過。」

「是啊，真的好可惜。」

冬子說這句話時語氣聽起來不太像很可惜的樣子。不，或許她真的打從心底覺得很可惜吧，只是能回到老家比這件事更讓她喜不自勝而已。

「所以夏樹你什麼時候會過來呢？」

「下週就會搬過去了，現在正忙著準備。」

「啊，如果只有一天的話，或許可以在大阪碰個面喔。我是預計下下週要去福岡，在那之前先請了幾天假。」

冬子很理所當然地提議要和我見面，讓我相當高興。當我正在思索該如何回答時，看到母親已經結好帳，朝我這裡走過來。她的後方仍舊排了一群準備結帳的人，而且感覺隊伍比剛才更長了。

就在這時，我的腦中突然閃過了一個點子。

「那我想請妳陪我去一個地方。雖然與大阪之間有段距離，但不算太遠。」

「好啊，是哪裡呢？」

母親指著我的手機，用唇語問：「是朋友嗎？」我是看到她後方尚未消失的排隊隊伍才想到這個點子的。我一邊對母親點頭，一邊告訴電話另一頭的冬子：

「……是遊樂園。」

2

我會想到遊樂園並非毫無條理，而是有明確理由的。

高中二年級的冬天，我和冬子因為校外教學去了北海道。四天三夜的行程裡絕大多數都是滑雪研習，學校租借了位於深山的旅館大樓，供我們這一屆大約四百多名學生住宿。

滑雪研習的部分沒什麼好說的，包含我在內的學生都是第一次體驗滑雪，所以就只是不停地摔來摔去，弄得全身上下都是淤青而已。

不過，旅館內的氣氛倒是有些難忘之處。像是內部裝潢使用了如同褪色般的色調，看起來復古又令人懷念，加上走廊彷彿重現童話世界裡的街道般採用磚造牆面、旅館內的商店也是以獨立小屋的形式設置等等，換句話說，就是醞釀出一種讓人誤以為旅館裡混入了外國老舊遊樂園的風情。而實際上旅館裡也的確到處都有很像遊樂園的機關。舉例來說，在走廊上行走時會突然遇見由拿著斑鳩琴等樂器的老鼠人組成的鄉村樂團（當然了，那只是人偶），還會自動演奏起音樂，讓人嚇一大跳。

其中有一項設施格外引人注目，那就是位於挑高設計的旅館一樓的室內旋轉木馬。

那座旋轉木馬和在百貨公司的屋頂等地方看到的騙小孩的東西不一樣，設置了許多用來當座位的白馬或馬車，還有小燈泡等豪華裝飾，並以紅、白、金為基調漆成鮮豔的彩色，就算和室外遊樂園的旋轉木馬相比也毫不遜色……不，或許外圍還是比室外的小了兩圈左右吧，但取而代之的是座位竟分為上下兩層，騎乘的時候不需要投錢，按下按鈕就就可以不停地重複轉動，所以在校外教學的期間，只要到了每天晚上的自由活動時間，就會有許多學生聚集在旋轉木馬四周喧鬧不已。

校外教學很順利地照著日程表進行，很快地就到了最後一天。學校在旅館二樓的大廳讓學生吃完晚餐後，就接著舉辦了大規模的團體活動，並在熄燈之前給予學生們一小時的自由行動時間。有的人跑到零度以下的室外打起雪仗、有的人像是要把握最後機會似地衝去買土產，也有人彷彿在炫耀般牽著情人的手四處走來走去，學生們都盡情地享受著僅存的自由時刻。

至於我呢，則是獨自走向了位於旅館一樓最後方的餐廳。雖然因為旅館被整間包下來，餐廳並沒有營業，但也只有在入口豎一個立牌而已，想進去的話還是可以進去，而且我知道這裡很安靜，不會有人過來。

要前往餐廳一定得從旋轉木馬前經過。當我穿過一樓走廊，靠近挑高的區域時，發現旋轉木馬的後方聚集了一群人。我直覺地明白那裡的人並不是在玩耍，而是發生了什麼騷動。

我沒有想太多地靠過去察看，結果嚇了一跳。冬子就在人群的中心。

她用右手壓著制服裙子外的腳，癱坐在地上，身旁散落著破掉的玻璃碎片。其他學生全都穿著學校指定的運動服，使冬子的模樣就像是孤伶伶地落在一片雪景中的一粒番茄，看起來十分詭異。

「喂，發生什麼事了？」

我穿過人牆，在冬子身旁蹲下來問道，結果回答我的人不是她，而是摟著她肩膀的同班同學，一名叫作紗知的女生。

「剛才突然有個玻璃杯從冬子頭上掉下來……雖然沒有直接打中，但小腿好像被碎片割傷了。」

我仔細一看，發現冬子右手手指的指縫滲出了一點血。之所以會覺得她的樣子看起來像番茄，說不定是視覺下意識地捕捉到血的顏色的關係。

我站起來仰望上方。挑空的高度延伸到四樓，可以看見面向這裡的各樓走廊的扶手。冬子似乎就是在正下方遭受玻璃杯襲擊的。那裡根本不可能會有玻璃杯掉下來，怎麼想都不是一件單純的意外。

「要請老師過來嗎？」

在一旁擔心地看著我們的女學生如此提議。冬子卻搖了搖頭。

「不用了啦，不是什麼嚴重的傷。」

「但是……」

「我不想把事情鬧得太大。」

我可以理解冬子的想法。如果不是意外的話，那就是人為。若這是隨機找對象下手，並以此為樂的人所為……再說得更好懂一點好了，如果這只是惡劣的惡作劇，那冬子就是個倒楣的受害者而已。但是，萬一犯人打從一開始就鎖定冬子為目標，那應該會有什麼動機才對。雖然不知道冬子對此有無頭緒，但如果驚動老師，把事情鬧得比現在更大，說不定會為了得知動機而被問東問西、被試探不想讓人知道的心事，或是傳出不知道真假的謠言。畢竟光是現在就已經有很多學生聚集在這裡，好奇地看著我們了。

「冬子，妳站得起來嗎？我們先回去房間吧。」

紗知扶著冬子站起來，人群便自動往左右分開，讓出一條路來。但冬子走路時只能拖著受傷的右腳前進，看起來很痛苦的樣子。

「冬子，需要我揹妳嗎？」

看不下去的我如此提議。

「不用了，我沒事，謝謝。」

冬子毫不猶豫地拒絕了。明明她的眼神在前一刻還有些渙散，在回看我的時候卻已經充滿了力量。

「這樣啊……但我很擔心妳耶。」

「只是被碎片稍微擦過而已，雖然有點痛，但傷口不深。先不說這個了，我有一件事要拜託你。」

「拜託我？」

冬子點點頭，接著以像在說「你應該懂吧？」的態度告訴我：

「必須『KISETSU』一下才行呢。」

我瞬間明白為什麼冬子的視線會充滿力量了。

——替奇妙的事件找到合理的說明。在進入高中後的兩年間，我和冬子以KISETSU為名義解開各式各樣的謎題，或許也是為了應付現在這種情況吧。

我像是扛下了自己肩負的重責大任似地緩慢地眨眨眼，回應了冬子希望我可以找出犯人的願望。

「包在我身上。」

飯店的工作人員在冬子離開時來到這裡，清除了破掉的玻璃杯碎片。不過原本在玩旋轉木馬上的學生們難免因此壞了興致，紛紛四散離去。我急忙叫住了其中的五個人。

「你們看到了像是犯人的人嗎？」

因為覺得站著說話對他們不太好意思，我立刻直接了當地問了我想知道的事情。冬子在旋轉木馬的後方遭到玻璃杯襲擊，從那裡抬頭仰望的話連四樓的走廊都看得到。犯人肯定是從那裡扔下玻璃杯的，所以待在旋轉木馬附近的人就算目擊到犯人也不奇怪。

但接受我詢問的這些學生卻全都只顧著和我面面相覷。最後是一名身材高大的男學生代表回答。

「我們幾個剛才在坐旋轉木馬。你也知道，那座旋轉木馬上面有屋頂，完全看不到上面的情況。」

旋轉木馬上方的確有個漆成紅白條紋的帳棚狀屋頂。有幾位騷動後才過來的學生正坐在旋轉木馬上，從容悠哉地繞著圈。旋轉木馬的設計是底座上方的部分都會一起旋轉，所以屋頂也以和木馬相同的速度轉動著。

「現在在這裡的人又不是全都搭過那座旋轉木馬。剛才有人在附近觀看嗎？」

我再度詢問後，這次是一起留下來的兩名女學生中的其中一人回答了我。

「我們剛才就在旋轉木馬的前方喔。冬子正好隔著旋轉木馬站在我們的正對面。」

「哦，然後呢？」

「四樓的走廊應該是沒有人，但三樓以下因為旋轉木馬的屋頂的關係，實在是看不到。」

我依照她的證詞站到了旋轉木馬的前方。雖然這可能跟觀看的人的身高有關係，但的確是看不到二樓跟三樓的走廊。

老實說，我一開始是從冬子所在的旋轉木馬後方抬頭往上看，一直誤以為只要從這個挑高的區域抬頭往上看，無論站在哪個角度都可以看見樓上的走廊。實際上卻只有站到後方才看得到，而且從只有冬子受害的這一點就可以明白，如果沒有什麼目的的話，是不會特地走到旋轉木馬後方的。就算從旋轉木馬前方經過，也會被陰影蓋住，看不到後方，一定要坐上旋轉木馬，才會在迴轉的途中進入視野。

雖然或許有目擊者的希望落空了有些可惜，但我現在沒有空閒可以灰心氣餒。如此一來，之後調查時就可以省略四樓了，也算是有些收穫，這樣想應該比較好吧。接著我對他們提出了後來才想到的問題。

「認真說起來，為什麼冬子會跑到那種地方呢？有人知道她當時在做什麼嗎？」

「雖然我並沒有直接問過她本人……」

怯生生地開口說話的是一個戴著眼鏡的男學生。

「但我在坐旋轉木馬的時候她的身影不時會出現在我眼前，就忍不住在意了起來。」

而且她穿著制服，本來就很顯眼。」

男學生似乎是在擔心別人誤以為他一直盯著冬子看。我裝作沒聽到他這段像在找藉口的說明，催促他繼續說下去。

「所以你看到她的時候她正在做什麼呢？」

「她好像在等什麼人喔，一直東張西望的。」

「……在等人嗎……」

好吧，那裡說不定還挺適合當作約定碰面的場所。不過，就算是這樣也未免太倒楣了，我這麼想，提出了更深入的問題。

「冬子大概在後方站了多久啊？」

「我們一到自由行動的時間就到這裡來了。」說話的是兩名女學生中的另外一人，「冬子也幾乎是在同樣的時間過來的。我想她從那時到玻璃杯掉下來為止大概都一直待在那裡。如果她移動的話，我應該也會看到她才對。」

兩名女學生和冬子是隔著旋轉木馬站在彼此的對面，看不到被陰影遮住的冬子。換句話說，冬子一直站在旋轉木馬的後方，幾乎沒有改變過位置。大概是她所等待的人對碰面地點有很嚴格的要求吧。但這讓我開始好奇對方是誰了……

最後我問了以下的問題。

「為什麼冬子會碰上這種事……換句話說，如果你們知道有人對冬子懷恨在心，或是誰可能做出這種事情的話，請務必告訴我。」

「喂，這種事還需要問嗎？」

一名在我們學校裡算是不良少年的男學生帶著不懷好意的笑容說道。其他學生也意味深長地互相使眼色。

「你說『還需要問嗎』的意思是？」

「就是晴彥啊。只有他會做這種事吧？」

我聽到這個名字後才明白他究竟想說什麼。

晴彥是上個月才和冬子分手的男學生。他和冬子不同班，參加的社團是在本校社團活動中人氣特別高的棒球社，而且長得挺帥氣的，所以很受女生歡迎。

雖然冬子並不是一個很引人注目的學生，但晴彥在校內很有名，據說他們分手的事情馬上就在整個年級傳得沸沸揚揚。剛才那些學生互相使眼色正好證明了這一點。

「因為冬子甩了他……你是想這麼說嗎？」

我太想替冬子辯駁，忍不住用了像是想吵架的口氣說話。

「那是當然的。任何人被甩了都會不爽吧？」

「那應該是惱羞成怒吧……明明是晴彥劈腿冬子才對他提出分手的。」

我必須承認，晴彥的確是個很有男性魅力的人，但這並不代表他的人格也同樣具有魅力。他上個月的假日和其他女生手牽著手走在街上，結果被冬子的朋友看到了。

先不管冬子是否從這時開始就老是遇到不太好的男人，總之在發現晴彥劈腿後，冬子就開始向我尋求意見，所以我也從她口中逐一得知了整件事的詳細經過。晴彥很不想分手，但冬子卻態度堅決地告訴他「先劈腿的人沒有權利說不」，毫不留情地拒絕了。

剛才那名長得像不良少年的男生見我口氣越來越激動，便冷笑了一聲。

「我說你啊，應該知道晴彥因為那件事，在大家之間的評價變得有多慘吧？」

「這個嘛……我覺得是他自作自受。」

「不就是劈腿而已嗎？雖然我知道她是因為這樣才甩掉晴彥，但也沒必要到處宣傳吧？」

我頓時啞口無言。這傢伙是站在晴彥那一邊的嗎？認真說起來，目擊晴彥劈腿的是冬子的朋友，而且我並不清楚冬子是不是到處跟人說這件事。但冬子親口告訴我晴彥劈腿的事也是事實。

「真要說的話，你們兩個交情也很不錯吧？別以為我不知道你們兩個老是在休息時間聊天。」

「你、你怎麼這麼說……我們只是朋友而已。這並不是劈腿，而且我們連手都沒牽過。」

我被他的言語擊中，慌了起來，很快就感覺到自己的臉頰紅了。

「那只是因為你找不到機會而已，好嗎？如果她主動對你伸手的話，就算她有男朋友，你也會高興地回握，然後支持她劈腿吧？如果不是這樣的話，你哪會自願接下尋找犯人的工作啊？」

我一句話都無法反駁。雖然很不甘心，但他說得很對。

不良少年看到我被他說服的樣子，似乎覺得很滿足，原本掛在臉上的凶狠笑容變成了比較柔和的表情。

「我對你們的關係是沒什麼意見啦，但如果你們覺得只要堅持自己沒有劈腿就能說服晴彥的話，那可就大錯特錯了。雖然在旁人的眼裡看來，晴彥所做的事情完全就是做錯事還反過來怨恨對方，但是對那傢伙來說，劈腿只是彼此彼此，結果不只被甩，自己的評價還變差，所以經過剛才的復仇之後，他或許覺得終於扯平了也說不定。」

雖然他的論點毫無邏輯可言，現在的我卻連反駁他的力氣都沒有。應該說，雖然不良少年認為犯人就是晴彥，但目前我們沒有任何線索可以證明這一點。僅僅因為他有犯罪動機，我們就把他列入了懷疑的對象。

我對所有幫助我的學生低頭致謝，讓他們離開。就在這個瞬間，我的腦海突然浮現某個景象，於是我對他們逐漸遠去的背影拋出了問題。

「犯人是否可能從這個挑高區域的某個地方……例如從那裡把玻璃杯丟過旋轉木馬的屋頂，讓它落在冬子旁邊的呢？如果犯人是棒球社的社員，投擲東西對他來說應該是很簡單的事情吧。有沒有人看到做出類似事情的人物呢？」

結果那名不良少年轉身踩著大步走回來，做出了像是要毆打我的動作。

「你最好不要再說那種讓人覺得根本不該幫你的話，否則下次我真的會揍你。」

我離開旋轉木馬，爬上了二樓，前往可以看到冬子所在位置的走廊。雖然我想過應該找冬子本人詢問詳情，但是很不巧的，我並不知道冬子住宿的房間在哪裡，而且她才剛遇到那種事，現在去追問犯人的動機或犯人可能會是誰的話，那也未免太折磨她了。

我抵達目的地後，馬上就體會到從一樓往上看跟實際走一趟跟所能獲得的資訊量果然是完全不同的。雖然剛才沒有注意到，但這條走廊正好面對著自由行動時間前我們吃晚餐和舉辦活動的大廳。

雖然沒辦法用粉碎的玻璃碎片來辨識，但那個玻璃杯應該是我們晚餐時使用的杯子吧。雖然這種玻璃杯在每間客房裡都有好幾個，但如果那是在晚餐的時候偷拿的，那麼，從這裡被丟下去的可能性並不低。為求慎重，我稍微推開沉重的門扉，偷看了一下大廳裡的情況，裡面雖然點著燈，卻空蕩蕩的沒有半個人，不久前的熱鬧氣氛簡直就像是海市蜃樓。

走廊的扶手欄杆是垂直的，間隔很寬，外側還有深度大約五公分的空間，無論是誰都可以輕易地從這裡把玻璃杯往下丟，但終究不是會因為意外而導致玻璃杯落下的地方。如果是正在吃晚餐的時候也就算了，不過之後舉辦活動時飯店的工作人員就已經把餐具都收拾乾淨了，所以大廳裡或走廊上當然是一個玻璃杯都沒有。

我站在扶手旁，把身體靠在上面，發現旋轉木馬的屋頂就在前方數公尺之處，只比我的視線高度再低一點。屋頂的模樣和我在一樓時看到的差不多，形狀長得像倒過來的牽牛花，漆成紅白條紋，邊緣用燦爛的金色裝飾圍起來，應該是所謂的洛可可風格吧。屋頂中央的尖角裝設了一個看起來很堅固的金屬配件，繫著從四樓的天花板垂直降下的鋼繩，大概是用來預防意外或災難的吧。那些不知道冬子發生了什麼事的學生坐在旋轉木馬上，讓屋頂不停地旋轉著，但因為這個金屬配件的構造的關係，鋼繩並不會跟著屋頂旋轉。

話說回來，像這樣一直盯著不停旋轉的紅白條紋看，連我也要跟著頭暈目眩了。我移開視線，不自覺地仰望上方……

「嗯？」

我靠著扶手往上看，發現了一個從三樓走廊探出身子的男學生。緊接著，他注意到我之後……

「……糟糕！」

就喃喃說出這句話並跑走了。

「站住！」

當我回過神來時，自己已經在什麼都還沒搞懂的情況下追上去了。我對那張臉有印象……若要說得更精確一點，則是因為我想起了「犯人會返回現場」的格言。

平常就很習慣活動身體的他如果認真奔跑的話或許能夠逃離我，但現在走廊上還有其他學生，而且追人的肯定比被追的還要有勝算。我一口氣衝上樓梯，在面向挑高區域的四樓走廊成功逮住了他。

「我、我什麼都沒做喔！」

氣喘吁吁的他正是晴彥——冬子的前男友。

「那、那你為什麼要逃走？」

當然了，我也跟他一樣喘得不得了。順便一提，我到目前為止幾乎沒和他說過幾句話。

他有些粗暴地甩開我抓著他胳膊的手，抓了抓理得很整齊的平頭。

「我聽說冬子出事了，你好像正在幫忙找犯人。是那傢伙剛才告訴我的……」

晴彥說出了那名不良少年的名字。

「我有點在意，就跑到樓上低頭察看事發現場，結果發現你在那裡。我也聽說你在懷疑是不是我做的，想說被你看到就慘了，所以……」

「等一下，雖然我不會說自己完全沒有懷疑你的意思，但先告訴我你很可疑的人其實是他……」

我也說出了那名不良少年的名字。

「……是嗎？」

晴彥半信半疑地說道。他似乎開始搞不清楚誰是敵人誰是伙伴了。

「你不想被我懷疑的話就幫我一下吧。只要回答兩、三個問題就行了。我想想……對了，距離現在大約二十分鐘前的時候你人在哪裡？」

我瞥了一眼放在走廊上的落地鐘，對晴彥這麼問道。他皺起了眉頭：

「二十分鐘前？那時候我正在逛商店喔。當時我跟朋友在一起，旁邊也有很多學生，隨隨便便都可以找到證人。真的不行的話我還有買土產時拿到的收據，那上面應該有購買時間才對。」

晴彥從放在運動服口袋李的錢包拿出收據，攤開來給我看。根據上面的內容，他在商店購買了六項土產。時間是距離現在大約十五分鐘前。我並不知道玻璃杯掉下來的正確時刻，但從我經過旋轉木馬的時間往前推算，應該是在二十分鐘前，所以他是在當時的五分鐘後去商店買了六項土產的。商店的位置距離一樓的旋轉木馬有點遠。除非他事先擬定了非常縝密的計畫，否則要在樓上走廊對冬子扔玻璃杯，然後過了五分鐘就買下收據上寫的東西，應該是很困難的。而且他看起來也不至於會去找其他學生幫他取得不在場證明。

「既然如此，你剛才到底在三樓的走廊做什麼？」

他聽到我的問題後，臉變得有點紅。

「我不是說了嗎？有點在意，所以想察看現場的情況啊。」

「這我當然知道。而且也不是不能理解你故意沒有走到一樓，而是從三樓往下看的心情。但是，如果是那樣的話，你只要稍微低頭往下看就行了吧？應該沒必要把上半身整個探出扶手，讓在二樓的我看見才對。」

結果晴彥低聲說了句「什麼嘛，原來是這種事啊」，然後就走到扶手旁，並對我招了招手。

「你看，有東西掉在旋轉木馬屋頂的邊緣。」

因為他不僅這麼說，還伸手指給我看，我只好聽他的話探出身體到扶手外。直到剛才都還不停地轉動的旋轉木馬，大概因為今天是最後一天，時間也有點晚，學生終於玩膩了，現在已經停止轉動。

一開始我並不知道他指的是什麼東西。直到我仔細察看，才發現好像有一塊東西掉在屋頂邊緣被四周的裝飾遮住的地方。那個東西的底色是白色，上面又有紅色的斑點，大概是正好和紅白相間的屋頂混在一起了。

「咦？那是什麼？看起來有點像針織的布……」

晴彥以沒什麼特別想法的口氣對瞇起眼睛的我答道：

「那是冬子的膝毯啦。我已經看習慣了，肯定沒錯。」

看習慣了。雖然這句話讓我有點受傷，但我沒有對此發表任何意見。

在學校這種封閉的世界裡，經常會出現範圍只限於校內的流行。在今年冬天，親手編織膝毯然後在上課時使用，已經變成我們高中女學生之間的常態了。不過，就我所知，大部分女生都不熟悉編織，所以應該是沒有互相比較膝毯織得好不好的情況。應該說如果織得太好，似乎反而會傳出可能是請母親編織的謠言。

我知道冬子也仿效其他女生織了一條膝毯，而且經常使用它。如果要以冬子在教室使用它的情況來比的話，那我應該是比身為前男友的晴彥更常看到它才對。但是就高度來說，我現在所在的地方比膝毯還要高出大約兩層樓，要一眼就認出來是很困難的。

「雖然你說已經看習慣了，但真虧你能認出來呢。」

我一這麼說，晴彥就聳了聳肩。

「因為我是在三樓看到它的。」

原來如此，那樣就比現在還要近很多，也比較容易認出來。而他剛才發現這條膝毯過沒多久，就和我玩起了你追我跑的遊戲。

「不過……雖然這麼說不太好，但親手織的膝毯都長得差不多，沒那麼容易分辨吧？就算那是白色的，我想使用白色毛線的女生應該也不少才對。」

但晴彥聽到我這麼說後卻傻眼地冷哼了一聲。

「你的眼睛在看哪裡啊？只要看到那個紅色的斑點就知道是冬子的了吧？難道說你已經忘記晚餐時發生的事情了？」

我聽到這句話才總算徹底明白，真是太丟臉了。之所以沒有正常地發揮觀察者的能力，大概是冬子遇到的事情讓我太過痛心，導致失去了冷靜吧。

——我的意識飛向了數小時前充滿了晚餐香味的大廳。

晚餐的形式和婚宴一樣，七、八個人圍著一張圓桌就座。分組的規則則是沿用滑雪研習時每個指導老師所負責的小組成員名單，所以自然而然就變成男女分桌了。我一邊和班上的男生聊天，一邊盡情享用豪華美食，度過了相當愉快的時間。

當我們快吃完晚餐時，我的後方突然傳來了尖叫聲。

「呀啊！」

我反射性地往後看，發現聲音是從同班女生所坐的圓桌傳來的。發出尖叫聲的人似乎是紗知，一眼就可以看出她的臉色變得慘白。

她的視線集中在冬子身上。當時冬子還跟其他學生一樣穿著運動服，背對著我坐在紗知旁邊的位子。雖然她的臉上露出為難的表情，但看得出來正在安慰紗知。

「好像是弄倒玻璃杯了。」

坐在我旁邊的男生低聲說明給我聽。我的肩膀靠向他，看見了整起騷動的全貌。倒在圓桌上的玻璃杯流出了濃稠的紅色液體。旅館準備了烏龍茶、薑汁汽水等數種飲料，紗知似乎選擇了番茄汁。

迅速擴散開來的番茄汁從圓桌的桌緣滴落，弄髒了冬子的運動服和膝毯。大廳裡非常溫暖，其實不需要使用膝毯，但這時許多女生的雙腿上還是蓋著膝毯。

聚餐的時候有人翻倒玻璃杯並不是什麼稀奇的事。但因為冬子親手編織的膝毯是白色的，紗知翻倒的飲料則是紅色的，在旁人眼中會覺得情況看起來特別嚴重。沒錯，我在那時就已經看過類似番茄落在白色雪原上的情景了。

「真的很抱歉，冬子，該怎麼辦才好……」

冬子對就快哭出來的紗知揮揮手，回答道：

「沒關係啦，妳不用放在心上。」

「可是，妳的膝毯……」

「我先回房間清洗一下喔。」

冬子從位子上站起來，平靜地抬起手腕拒了想要幫忙的紗知，走向了大廳的門。她在途中對班級導師說了些什麼，導師大概也明白情況，寬容地對她點了點頭。

冬子換好制服回來後，紗知有些不安地問道：

「妳的膝毯還好嗎？」

冬子一邊坐到椅子上一邊說：

「果汁沒有滲進毛線裡，洗一洗就變得很乾淨了。」現在回想起來，那應該是冬子編的善意的謊言吧。「不過房間裡沒有地方可以晒，我拿到走廊去了。」

為了晾乾住在同間房的四人使用過、溼答答的滑雪裝備，房間裡的門或沙發等任何可以掛東西的地方都會被拿來利用。由於我的房間也是這樣，可以輕易想像出冬子房間的現況。

聽到冬子說運動服是深藍色的，污漬並不明顯，只要稍微擦拭一下就好，紗知似乎打從心底鬆了一口氣。不過從我背後傳來的冬子的聲音，和平常比起來顯得有些生硬，我想應該不是我的錯覺。

——現在回想起來，對冬子來說，今晚真是災難不斷。還是說，這其實不應該斷定成單純的災難呢？

「……如果沒有換穿制服的話，冬子應該就不會受傷了吧。穿運動服的話小腿就不會露出來了。」

我這段話有一半是在自言自語，晴彥聽了卻立刻對我說：

「你……你該不會想說冬子之所以換穿制服也是某個人設計的吧？」

我並未回答，而是再次低頭看向旋轉木馬的屋頂。如果是冬子把膝毯晾在走廊上，結果掉下去的話，那她晾膝毯的地點就會是在三樓或四樓的走廊扶手上。二樓的話角度不對，也不太可能把膝毯晾在有許多人出入的大廳旁邊。

我聽說三樓的客房只有教師住宿。特地跑去比較遠的走廊晾東西感覺有點不自然，所以冬子的房間應該離這裡很近……我一邊想一邊環視走廊。大概是這層樓有客房的關係，走廊各處都沿著扶手放置了二樓沒有的台座，大概有我的腰這麼高，上面擺了插著白花的花瓶。至於客房的門則是等間隔地設在扶手對面的牆壁。

雖然我覺得差不多該去找冬子問問她的看法了，但就算知道她的房間離這裡很近，可能通往她房間的房門卻有六扇之多。今晚是校外教學的最後一夜。如果隨便亂敲門，讓可能待在房內的女生產生奇怪的誤會，那就尷尬了。當我抱著胳臂，正在煩惱該如何是好時……

「……啊！」

眼前的房門「喀鏘」一聲地打開了。而且情況正好如我所願，一從裡面走出來就發出驚呼的人就是應該已經帶著冬子回到房間的紗知。

「紗知，妳來得正好，我有事情想問妳……」

「為什麼你會在這裡啊？」

不過紗知無視我的存在，逼問起我身旁的晴彥。她個子嬌小、聲音又尖，平常總是給人一種可愛女生的印象，現在卻散發出彷彿可以把在棒球社鍛鍊過的晴彥身體撞飛的氣勢。晴彥也因為沒想到她會對自己懷有敵意而露出害怕退縮的樣子。

「為什麼……我只是剛好經過而已啊。」

「少騙人了，你一定是知道冬子的房間在這裡，特地跑來探望她，好替自己加分，對吧？」

看樣子，這裡果然就是冬子的房間。話說回來，紗知對晴彥還真是毫不留情。劈腿的謠言傳得沸沸揚揚，似乎有滿多女生是如此看待晴彥的。

「我沒事幹麼替自己加分啊？我已經放棄冬子了。」

「是嗎？所以你是來嘲笑傷心難過的冬子的嗎？難道說把玻璃杯往下丟的人就是你？」

這句話似乎對晴彥帶來了很大的打擊。明明一看就知道很生氣，卻帶著好像快哭出來的表情反駁紗知。

「我哪會做這種事啊！我還是喜歡著冬子的！」

——我還是喜歡著冬子的。

我不知不覺地在腦中反芻著這句話。只因為他們曾經交往過，就可以這麼直接地把喜歡兩個字說出口嗎？對我而言，那可是困難到了極點的事。

但晴彥的反駁似乎完全沒有傳進當事人紗知的心中。她像是要趕走晴彥似地對他甩了甩手。

「自己都劈腿了還有臉說這種話？沒事的話就快點離開吧，冬子要是看到你的臉，心情只會變得更差。」

晴彥不滿地噘起嘴，沒有再說出任何反駁的話。不過，他在即將離去的瞬間悄聲對我說：

「你一定要找出犯人是誰喔。」

我不知道他的劈腿是否有什麼原因或內情，但我認為他說自己還喜歡冬子的這句話應該是真的。

「……好啦，夏樹同學，你找我有事嗎？剛才你好像說有事情要問我，對吧？」

紗知像是日光燈突然亮起來般，對我露出了平常的笑臉。

「嗯，因為也想直接找冬子問問情況，想請妳告訴我她的房間在哪裡。妳剛才說她的房間是在這裡對吧？」

我指著打開的門，正想踏入房內時，紗知慌慌張張地阻止了我。

「不行啦，不能進入女生的房間。」

這麼說來，的確是如此。不過，冬子的腳受傷了，我不是很想帶她離開房間到可以問話的地方。

「冬子現在情況怎麼樣了？嚴重到沒辦法走出房間嗎？」

「沒事，傷口好像不是很深，已經止血了。她現在情緒很穩定喔，好成熟喔，如果是我的話應該會更慌張吧。」

我想也是。從翻倒玻璃杯這件事就可以看出來，她其實還挺冒失的。

「話說回來，我也有事情要告訴你，所以剛才正想去找你呢。」

「有事情要告訴我？」

紗知點了點頭，綁成兩束的頭髮也隨之跳動。

「關於冬子為什麼會站在那裡的理由，夏樹同學，你打聽到了什麼嗎？」

「待在下面的人說冬子的表情看起來像在等人……」

這麼說來，沒有學生說冬子當時和誰在一起。紗知好像也不是和冬子一起行動才正好待在現場的樣子。

「沒錯，冬子好像是因為某個人要找她才會站在那裡的。換句話說，要找冬子的人就是丟下玻璃杯的犯人！」

紗知充滿幹勁地這麼說。犯人在自由行動時間把冬子叫到旋轉木馬後方，自己則前往二樓或三樓的走廊，然後對著站在樓下的冬子的頭上扔下玻璃杯。原來如此，這樣事情就說得通了。但是……

「如果是那樣的話，冬子一開始就知道犯人是誰了吧？」

「關於這一點，冬子好像到現在都還不知道找她的人究竟是誰。對方好像是用信件約她的。」

「……信？」

我忍不住拉高聲音。紗知的手伸進運動服的口袋，拿出了一張便條紙。

「我發現這東西丟在冬子房間的垃圾桶裡。好像是有人在不知不覺間塞進她運動服的口袋，等到換制服的時候才發現的。就是在我翻倒了番茄汁之後。」

我接過便條紙，上面用原子筆寫著簡短的句子，但因為番茄汁的關係，有些字糊掉了沒辦法閱讀。那段文字是：

希望妳在自由行動時間　旋轉　馬後方　來。

「……妳的意思是，冬子照著這封信的指示站在旋轉木馬後方嗎？」

「沒錯。」

我再次詢問後，紗知點頭表示肯定。

「我也很好奇她為什麼要照著這封信寫的去做，就問了她一下。結果冬子她說她以為是有人要安排驚喜幫她慶祝。」

「慶祝什麼？」

「你不知道嗎？冬子的外甥女出生了喔。」

這我倒是第一次聽說。她這麼年輕就當阿姨了嗎？

「她住在關西的大姊昨天生下了孩子。冬子大概非常開心吧，把手機收到的嬰兒的照片現給了好多女生看。所以她看到那封信的時候，才會想說如果對方是要替她慶祝，她卻對此抱持戒心的話太不識趣了。」

「竟然因此被玻璃杯割傷，我也未免太興奮過頭了。」我可以輕易地想像冬子對紗知說出這段話的情景。

看來該問的事情全都問清楚了。我看著房內再次拜託紗知。

「能請妳叫冬子來這裡嗎？我有話要跟她說。」

「難道說……你知道犯人是誰了？」

我微微揚起嘴角回應紗知，她便又蹦又跳地回到房內，撐著冬子的半邊身體，帶了她過來。冬子的臉色不太好看，但疼痛似乎沒有嚴重到連站著都會覺得不舒服。

「剛才的對話妳應該全都聽到了吧？」

我一看到她的臉就這麼說道。冬子的回答則是轉頭面向紗知，對她微微一笑。

「對不起，紗知，能請妳暫時離開一下嗎？」

「咦？可是我也想知道把冬子害得這麼慘的犯人是誰……」

「拜託妳。」

紗知聽到冬子那不容拒絕的口氣後，浮現了有些受傷的表情。但她馬上就表現出完全沒興趣的態度，背對著我們走開了。我可以感覺得出來，她那種像是用毛毯也沒辦法全部蓋住、從毛毯下露出來的指尖的態度，一定就是她的本性吧。我並不是想說她很冷淡。不過，無論是犯了錯而臉色發白、責備劈腿的男人或是關心受了傷的朋友，應該都不是為了對方，而是因為喜歡這樣子的自己才做的吧。

走廊上只剩下我與冬子兩人。雖然我想過到底該從哪裡說起好，但最後脫口而出的還是可以算是結論的一句話。

「**妳只要裝作沒發現不就沒事了嗎？**」

我用力握緊了拳頭。便條紙被我揉成一團，發出了乾巴巴的聲音。

「要裝作沒看到這種東西是很簡單的事吧？為什麼要做到這種地步？」

冬子低下頭，用顫抖的聲音低語道：

「……對不起。」

她承認了。**這次的騷動全部都是她的自導自演**。

紗知不小心在晚餐時把番茄汁翻倒在她身上是一切的開端。雖然這件事本身只是單純的意外，但回到房間擦拭運動服時，她注意到了被放在口袋裡的這張紙條，才會策畫這次的騷動並付諸實行。

「我試著回想了一下，才覺得事情不太對勁。冬子，當時妳對紗知說『運動服稍微擦拭一下就好』對吧？那妳為什麼要特地換穿制服呢？難道說那是為了之後讓大家看見妳被玻璃碎片割傷……當我想到這裡時，就開始覺得這一連串的事情肯定都是冬子所設計的了。」

冬子換好衣服回來時聲音之所以有些生硬，並不是擔心紗知知道了膝毯被弄髒的事，而是她當時已經在走廊上設置好機關，要讓玻璃杯落下了。

首先，她拆開清洗過的親手編織的膝毯，剪下一段長度符合她需求的毛線。接著，她用毛線的其中一端綁住剩下的膝毯，利用吸了水的膝毯重量，以套索的方式將膝毯從四樓走廊往外丟，讓毛線在連著旋轉木馬屋頂的鋼繩上繞了好幾圈。當時她纏繞毛線的方向肯定和旋轉木馬迴轉的方向是一樣的吧。

她就這樣把膝毯扔到旋轉木馬的屋頂上後，便將毛線另一端綁成了比從房間裡拿出來的玻璃杯口徑還要大的圓圈。接著，她把這個圓圈和長度多出來的毛線一起放在扶手外側、深度大約五公分的空間，再將玻璃杯上下倒放放在圓圈裡，藏在放著花瓶台座的陰影處。這樣子就準備完成了。

只要到了自由行動時間，學生們就會擅自幫她啟動旋轉木馬。吸了水之後摩擦力增加的膝毯會隨著屋頂一起旋轉，將毛線不斷地纏到鋼繩上，最後拉動圓圈，讓玻璃杯自動落下。冬子只要在那之前走到扶手的正下方，站在可以避開直擊的位置就好。

——她好像在等什麼人喔，一直東張西望的。

我想起了戴著眼鏡的男學生的證詞。冬子並不是在等人，而是很謹慎地在看守四周，不讓其他人靠近可能被落下的玻璃杯砸中的位置。

在玻璃杯還沒落下的時候，從二、三樓的走廊可以看見毛線，但因為顏色是白的，只要它緊緊地纏住鋼繩，應該就不會太顯眼吧。此外，由於冬子並不是把毛線綁在玻璃杯上，而是繞成圓圈來拉動玻璃杯，讓毛線在玻璃杯從四樓掉落的瞬間就會離開，所以不需要太精確地計算旋轉木馬的高度或毛線的長度。

等到計畫順利進行，玻璃杯摔到地面碎裂後，冬子再拿藏在身上的剪刀之類的東西迅速割破小腿，蹲下來假裝被飛過來的玻璃碎片割傷。要是她不用這種方式吸引注意力，就可能會有人看見綁成圓圈的毛線。這件事必須一次定生死，所以冬子肯定也不知道掉下來之後的毛線圈怎麼樣了。有可能被鋼繩勾住，停留在高處；也有可能和玻璃杯一起掉到地面了。不過，只要旋轉木馬繼續轉動，毛線最後還是會被捲走才對。換句話說，冬子是藉由傷害自己的身體來引起注意，好讓在場的所有人都不會發現毛線的存在。

冬子設置如此複雜機關的理由就在這裡。如果只是單純地想讓大家以為玻璃杯從上面掉下來的話，只要在樓下拉動纏住玻璃杯的毛線就好了。但這樣子用來啟動機關的毛線就會留在自己手邊，有可能一下子就被發現是自導自演。在絕對不能被人發現這一點的情況下，旋轉木馬是很適合用來自動回收機關的遊樂器材。

「雖然現在硬是明白地揭穿這件事也沒有意義，但旋轉木馬的屋頂上應該還留有一些證據才對。例如用來纏繞鋼繩的毛線或是被拆解的膝毯。雖然妳或許打算在膝毯被發

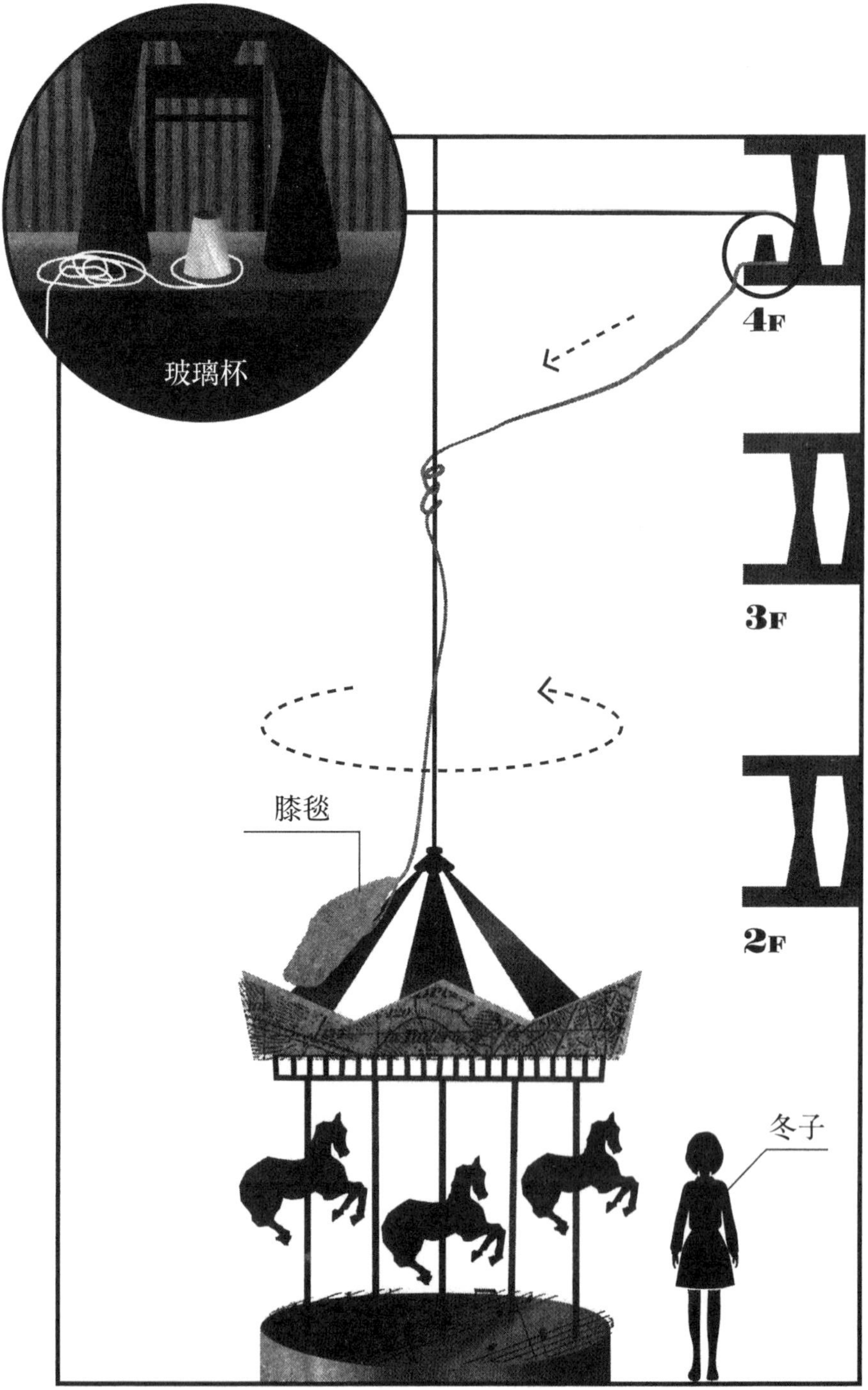
玻璃杯
4F
3F
2F
膝毯
冬子

現的時候用『晾在走廊上結果掉下去了』當理由，但其他東西妳終究無法在事後處理掉的吧。」

我口氣平淡地繼續逼迫已經認罪的冬子。她以很難聽清楚的音量說道：

「丟掉信是個失敗的選擇呢。我原本考慮過帶在身上，但被果汁弄髒了，我也沒想到會有人從垃圾桶裡撿起來。我剛才正想阻止紗知離開房間，但看到夏樹你在門外時，就已經明白為時已晚，放棄了。」

——我在對冬子換穿制服的事感到奇怪時就已經懷疑起冬子了。但我的懷疑之所以變成了確信，是因為紗知給我看的那封信。

信上的文字並非偶然缺損，而是冬子在丟棄信之前使用擦拭運動服的毛巾等物品刻意竄改了文句。恐怕是為了在玻璃杯的機關沒有順利啟動，導致寫這封信的人質問她為何沒有來指定的地點碰面時，可以用「信被弄髒了所以搞錯地點」來當藉口吧。

我知道這封信上原本寫了什麼內容。如果冬子沒有動手腳的話，那上面應該是這樣寫的：

希望妳在自由行動時間**到**旋轉**木**馬後方**的餐廳**來。

為什麼我會知道信上原本寫的內容呢？答案很簡單，寫這封信的不是別人，正是我自己。

我用旅館放在客房裡的便條紙寫好信，帶到吃晚餐的地方，然後若無其事地靠近冬子，一邊祈禱她會在自由活動時間前發現，一邊偷偷地藏進她的口袋裡。考慮到如果她弄掉了紙條的話會被別人看到上面的內容，我沒有寫下自己的名字。她應該已經看習慣我的字跡了，我想就算不寫名字她也會明白的。

實際上她也的確察覺到我就是寫信的人。不僅如此，她還猜中了如果去赴約的話會發生什麼事，而她想要避免那件事發生。她不想自己表示不去赴約，而是藉由遭遇突發事件來讓我的邀約不了了之。這才是冬子引起這次騷動的動機。

在剛開始尋找犯人的時候，我一直覺得可能還有別人也和冬子約好要在自由時間時碰面。我是邀冬子到餐廳碰面，而不是旋轉木馬的後方。因此我才會覺得「太倒楣了」。我是在感嘆自己倒楣到選擇在冬子已經跟其他人有約的情況找叫她出來。

總之，如果冬子是和別人約好碰面才會被落下的玻璃杯割傷的話，那會認為指定碰面地點的人就是犯人是很合理的。但冬子卻對偶然發現我寫的信的紗知說，她是根據那封信的指示站在旋轉木馬後方。這麼一來，她所等待的對象就不是犯人而是我。而且冬子還在信上動了很刻意的手腳，把「餐廳」兩個字給擦掉。掌握這些線索之後，我就確定本次的騷動是冬子的自導自演了。

我剛才解釋過，她為了預防玻璃杯的機關沒有正常運作而竄改了信的內容。就這點來說，她算是滿機靈的，知道要把碰面地點改成旋轉木馬的「後方」，也就是背面。因為在前往餐廳途中會從旋轉木馬前經過的我看不到該處。而當我實際經過的時候，如果不是已經聚集了一群人，也肯定不會發現冬子在那裡。

不過，關於機關順利啟動時的情況，冬子卻考慮得不夠周詳。如果要捏造一個假犯人的話，就必須要找一個把冬子叫到那裡去，而且不是我的人。要是紗知沒有撿起信的話，她或許就會說出那樣的證詞了吧。但是無論如何，從她把特地動了手腳的信丟掉的舉動就可以看出她的迷惘了。

可以在情急之下想出這麼成功的策略，讓我甚至佩服起她來，同時也沒想到她竟然能在面對紗知撿到信的麻煩情況下立刻編出慶祝外甥女誕生這種好用的藉口……不過，既然都要欺騙我了，我希望她可以乾脆騙我騙到底。

「自由行動時間馬上就要結束囉。要熄燈了，大家快回房間。」

樓下傳來了老師的大聲呼喊。學生的動作突然變得匆匆忙忙，連容納了四百名以上的學生、卻安靜到令人害怕的四樓走廊也可以感覺到有人靠近。校外教學的最後一晚就這樣逐漸結束。每個學生的心裡都有的依依不捨、寂寞、解脫感或安心感融合在一起，充滿了整間旅館。

在校外教學的最後一晚約異性到沒有人的地方，目的只會有一個。就這點來說，冬子是對的。

我原本打算在今晚對冬子進行戀愛告白。冬子雖然討厭我這麼做，卻不想讓我知道她的討厭。把所有事情總結起來的話，理由就是如此單純，冬子卻因此引發了這麼大的騷動。這個計畫不只是內容複雜而已，她為了實行這個計畫，甚至不惜犧牲她很重視、親手編織的膝毯，讓自己的小腿受傷，就算會成為許多學生目光的焦點，也要讓玻璃杯從四樓落下，然後再對碰巧經過的我低語，要我進行KISETSU。要我去尋找根本不存在的犯人，讓最後一夜就此過去。

我差點就要徹底上鉤，任憑她的想法擺布了。她為此所做的事情嚴重性，和她連聽我告白都討厭的心情是一樣強烈的。她不惜做到這種地步也要拒絕我。

「妳只要裝作沒發現不就沒事了嗎？」

我又對冬子拋出了我在這段對話的最一開始就說過的台詞。

雖然從第一次見面起就被冬子所吸引，我卻一直都沒有向她表明我的心意。她偶爾會找我商量戀愛方面的問題，就好像在牽制我一樣。每次她用這種方式拖延我的告白時，我就會因為感受到向她表明自己的真正心意有多困難而意志消沉。

但是，隨著時間越來越靠近這一天，我開始覺得絕佳的機會終於到來了。今天是校外教學的最後一晚，冬子又才剛跟男朋友分手。沒有比現在更適合告白的時機了，我不斷如此說服自己，為避免到了當天又無法下定決心，我一直緩慢而踏實地醞釀著自己的情緒。

結果冬子卻用這種方式拒絕我。這也未免太過分了吧？如果要做這種事的話，我還寧願她一開始就無視那封信。因為看穿了她的所有想法，害我必須正面接受她那堅決到可用殘酷來形容的拒絕。

冬子低頭沉默一陣子後，突然吐出了一口氣。在這種情況下，她竟然還能露出微笑。

「就算說出來，你大概也不會接受吧。」

為什麼必須做到這種地步？因為夏樹大概不會接受吧。

她說的沒錯。我一定無法理解冬子想說什麼吧。就跟她絕對無法理解我從相遇時就一直累積到現在、持續了將近兩年的心意是一樣的。如果冬子對我的心意有一丁點的理解的話，就不可能做這種事來拒絕我。

我們之間的沉默並未持續太久。我聽見了蹦蹦跳跳般走過來的匆忙腳步聲。

「夏樹同學、冬子，你們兩個還在談啊！你們知道犯人是誰了嗎？」

紗知一回來就對我這麼問道。我轉身面向她，竭盡全力擠出笑容回答：

「沒有什麼犯人啦，那只是單純的意外。」

「……咦？意外？這怎麼可能啊！」

「冬子晾膝毯的時候好像覺得口渴還怎樣的，把房間裡的玻璃杯拿出去了。她把玻璃杯放在走廊的扶手旁，不小心忘記帶走，結果似乎因為受到振動之類的影響，就掉下去了。如果妳不相信的話，可以去房間裡看一下，就會發現玻璃杯少一個。冬子也真是的，快把大家給嚇死了。」

冬子，妳說是吧？我一邊這麼說，一邊尋求她的認同。冬子雖然有些困惑，但似乎立刻明白現在只能附和我的說法，便吐了吐舌頭說：「就是說啊。」雖然紗知還是一副很難接受的樣子，但大概想不到該怎麼反駁，只以覺得很掃興的口氣低聲說了句「這樣啊」而已。

後來，在校外教學結束前為止，我向包含協助尋找犯人的學生在內的好幾個人進行了同樣的虛構說明。幾乎所有聽完我解釋的學生都露出了和紗知類似的反應，只有清楚冬子個性的晴彥似乎察覺到了什麼，一句話都沒有說，只以憐憫的眼神看著我，令我印象深刻。

經過這件事之後，我就發誓絕對不告訴冬子自己的心意。

其實，如果我有心，大可以不再跟她往來。但我還是選擇繼續和冬子當普通朋友，這大概是一種賭氣的心態吧。當校外教學結束，回歸日常生活時，我對冬子的態度已經和以前沒有任何兩樣了。冬子一開始反而對我這種一如往常到不自然的態度感到不知所措，但過了幾天後就像是完全忘了似地恢復了原本的態度。我們依舊笑談著無關緊要的話題，遇到奇怪的事情也會挑戰KISETSU。

但是，老實說，我每一天都過得很痛苦。喜歡的人就在身旁，卻連表明自己的心意都不被允許，這種無法自由選擇沉默或吐露的情況其實跟拷問很類似。所以高中畢業後我就沒有再主動與她聯絡了。

——不過，校外教學的最後一晚已經因為將近七年的歲月而逐漸淡去了。再次恢復交流的我們，還有必要繼續執著十幾歲時的微苦記憶嗎？這樣的想法讓我自重逢後到今天都一直在試圖主動打破過去的誓言。

然後，這次我又將冬子約到了有旋轉木馬的地方。

為了表明我一直沒有說出口的事情。為了將一切做個結束。

這次我不會再讓時間限制來阻撓我。

3

「話說回來，我們之前在神戶也曾經一起開車出去玩呢。」

坐在出租車的副駕駛座的冬子這麼說，對我露出無憂無慮的笑容。行駛在我們前方的轎車所反射的日光相當刺眼，我一邊瞇起眼睛一邊回答：

「是二月時的事吧。明明距離那時才過了半年多，卻覺得好像已經是很久以前的事了。」

「畢竟我們在那之後就沒見過面了嘛。」

聽了她的話後我才驚覺到這件事。雖然我用信件、電話及視訊通話和她交談了好幾次，夏天時還跑去她住的地方，但上一次直接碰面已經是二月的事了啊。

自從我在家居用品百貨和她說過電話以來已經過了將近一週。我早就搬好家，從福岡移居到大阪了。目前新家還沒什麼東西，大概是勉強可以生活的程度。不過我馬上就會開始上班，在新家的生活大概也會跟揚起的沙塵落到地面上一樣逐漸穩定下來吧。

我和冬子互相確認預定行程後，發現兩人白天都有空的日子只有一天，所以討論進行得相當順利。最後我們決定在雙方居住的地方都比較方便抵達的車站集合，然後在附近租車前往目的地。

當天是個舒適的秋季晴天。但路況以平常日來說算是滿壅塞的，出發時還高掛天空的太陽，在我們抵達目的地時感覺已經正在西下了。難怪大家經常說秋天的太陽落得快。

「呼，終於到了！」

我們在停車場的一角停好車走下來後，冬子便使勁地往上伸展著雙臂。她穿著深藍色與綠色的格子襯衫，再搭配芥末色的長裙。之前視訊通話的時候沒有注意到，現在才發現她的頭髮好像比上次見面時長了很多。

我也仿效她舒展了被困在車子裡超過一小時的身體。隨著上半身的伸展，我的肺部也像是吸入了不受都會混濁污染的清新空氣。

「這裡好像是在五十幾年前開始營業的，不過看起來倒是沒有很老舊的感覺呢。」

我站在模仿磚造洋房的正門前，舉起單眼數位相機向冬子說明。自從春天時和姊姊一起去了能古島，一找到機會就想出外拍照的姊姊就經常找我同行，最後連我自己也買了相機。所以我也跟冬子說今天之所以選擇來這座遊樂園是為了要拍照。

冬子雙手交握放在身後，緩緩地走近正門。我的鏡頭也自然而然地捕捉到了她回頭看我的臉。

「嗯……不過仔細觀察的話感覺還是很老舊喔。畢竟關東和大阪在這五十年間都蓋了能吸引全國的客人的巨大主題樂園，這裡會變得冷清的也是沒辦法的事。」

我們周遭沒有半個人，非常安靜。連播一首流行音樂當背景音樂都沒有，讓我甚至有點害怕。聽說近年來因為極少數的主題公園持續獨占了絕大部分的遊客，導致許多年代較久的遊樂園在經營上陷入了苦戰。這裡也不例外嗎……我把相機掛在脖子上，跟在冬子身後穿過了微微打開的大門。

踏入園內之後，我們最先駐足的地方是中間有個花壇且景色優美的廣場。右手邊雖然還有個活動廳，但仍舊是一個人也看不到。

「總覺得這裡就像是被施展了只讓人類消失的魔法呢。」

冬子的喃喃自語喚起了我心中各式各樣的想像。

我們決定暫時往裡面前進。眼前是一條兩旁排列著許多五顏六色建築物的通道，建築物上方都掛著餐廳或商店的招牌。這種仿造童話世界的風格比校外教學時前往的旅館還要強烈，但因為沒有好好保養維修，雜草長得到處都是，讓人有些介意。我們在這裡與一名揹著後背包的棕髮年輕男子擦身而過，他對我們投以宛如看見怪人的目光，卻沒想到自己也是半斤八兩。

穿過通道之後，我們看見一座高大的城堡聳立在前方。這似乎是這座遊樂園的招牌建築，也是園區的中心。我站在旁邊抬頭往上看，發現城堡的尖塔高得害我脖子發疼，是一座就算改用相機的取景框決定照片的構圖，也要費上一番工夫的巨大建築。但以中間色系為主的外牆油漆和沒有在細節上多加琢磨的單調設計，讓這座城堡怎麼看都像是騙小孩用的。城堡內部也沒有設計成可以讓人進去的構造，只勉強設置了一條像隧道一樣的通道讓人可以通過而已。

「啊，你看，有雲霄飛車耶！」

冬子連看都不看城堡一眼，但對雲霄飛車很有興趣。我也自然而然地轉向右方，在幾乎呈正圓的園內的六點鐘位置以逆時針的方向繞行前進。

雲霄飛車是木製的，沒有在空中翻轉的花稍設計，但規模相當大。軌道下緊密地鋪著骨架，應該是為了提高耐久度，但反而會讓人聯想到蓋房子時會架設的鷹架，光是站在下面看就害我嚇得縮起身子。

這時，冬子探頭看了看我的臉，瞇起一隻眼睛問道：

「夏樹，難道說你不敢玩這種類型的？」

我一時不知該如何回答才好，但……

「……我是沒有懼高症啦，但我不是很喜歡那種違反萬有引力的飄浮感。」

最後還是老實說出自己的想法，冬子聽到後露出了十分失望的表情。

「我倒是很想坐坐看呢。真可惜。」

我覺得很丟臉，便縮起肩膀，逃跑似地加快步伐超過了她。

遊戲區裡有個投籃機，上面標示著「五球中投進三球以上就算成功，可獲得獎品！」，但我和冬子分別只投進了兩球和一球。冬子對此結果相當悔恨，最主要的理由是輸給我，而不是沒投進三球。

我們還跑去玩了一下旋轉咖啡杯。只要轉動正中央的方向盤就可以讓咖啡杯旋轉，結果我得意忘形轉過頭，後來費了一番工夫才沒讓冬子看出我有點暈。冬子始終保持著從容悠哉的樣子，所以應該是真的連雲霄飛車這種尖叫類的遊樂設施也可以接受吧。

我們在隨興遊玩的過程中繞了遊樂園半圈。正好抵達十二點鐘的位置時，冬子突然轉過頭來對我說：

「有旋轉木馬耶！」

她的聲音沒有半點遲疑，讓我嚇了一跳。不過，冷靜想一想，高中的校外教學已經是七年前的事情了。雖然當時雙方之間還留有看不見的疙瘩，但或許隨著歲月流逝而遺忘才是正常的，像我這樣子到現在還記在心上的人反而是個性太過陰沉了。

不愧是室外型的旋轉木馬，大小和我七年前看到的根本不能比。雖說沒有分為上下兩層，但直徑應該大了不只一倍。不過，雖然用來乘坐的馬或馬車部分做得挺講究的，但整座旋轉木馬只有簡易地用鏡子或許多沒有燈罩的燈泡裝飾牆面而已，難免給人一種廉價的印象。總覺得我好像能明白之前去北海道深山裡的旅館時，在那裡看到的可以不限次數免費搭乘的旋轉木馬是多麼精緻的東西了。

「吶，我們去坐一下吧？」

冬子如此提議後，也不等我回答，就這樣走向了靜止不動的旋轉木馬。我跟在她身後，對她的背影問道：

「妳喜歡旋轉木馬嗎？」

「小時候很喜歡喔。」

她以像是在哼唱懷念的童謠的語氣回答。

「我和姊姊一起搭乘，不停地轉啊轉，每隔幾秒就會看到爸爸和媽媽站在柵欄的另一側。我記得他們對我揮手的時候，不知道為什麼，我覺得有點害羞，但又非常高興，所以也忘我地揮手回應了他們。」

「冬子也有天真爛漫的一面呢。」

一聽到我的開玩笑，冬子就鼓起臉頰，轉頭對我說：

「沒錯，我以前也是很可愛的喔。」

她說完這句話後就又繼續走向了旋轉木馬，我則停下雙腳，放棄追上她。

我並不認識還會坐著旋轉木馬對人揮手的少女時代的冬子。但我和她相遇時，她是個很棒的人，只要和她待在一起就會很開心，覺得心裡相當滿足。而在過了這麼多年後又與我重逢的她也和當時一樣完全沒變……

為了不讓自己的決心到了今天又出現遲疑，我一直緩慢而踏實地醞釀著自己的情緒，就跟七年前我做過的一樣。但現在卻只是稍微大意了一下，就立刻覺得自己的心情快要動搖。這樣是不行的。我不應該再把自己的決心繼續拖延下去。我究竟是為了什麼才找她到有旋轉木馬的地方的？如果想在沒有時間限制的情況下將事情做個結束，那就只能把握現在這個機會了。

「冬子……」

我開口呼喚冬子，聲音卻無力到好像會被過強的秋風捲走，所以她只微微揚起下巴，做出像在確認開始降下的雨滴是不是錯覺的動作而已。

接著，她以雙手遮住了嘴角。

「騙人的吧……」

「怎麼了？」

我走到露出奇怪反應的她身旁問道。她指著前方不遠處說：

「你看那裡。」

旋轉木馬的底座與地面有段距離，所以冬子看到的東西才會被其他的木馬等東西擋住吧。我伸長脖子一看就明白她驚訝的理由了。

有個小女孩正跨坐在旋轉木馬另一側的木馬上。

木馬有如失去靈魂般一動也不動。而坐在上面凝視空中某一點的女孩，原本應該是和遊樂園最相稱的存在，卻帶給我無可比擬的強烈異樣感。

「一說到小時候曾坐過旋轉木馬，就真的出現了小孩子，簡直就像是以前的自己出現在眼前，感覺好奇怪喔。」

所以她才會說「騙人的吧」嗎……雖然我一瞬間想到這種情況也可以用「遇到分身」來形容，但是那個女孩打從一開始就是有別於冬子且實際存在的人。

「是迷路了嗎？她身邊沒有半個人耶。」

「誰知道呢……但應該不是一個人來到這裡的吧。」

我們不約而同地沿著設置在旋轉木馬外側的柵欄走近那個女孩。途中有個用來讓工作人員操作遊樂設施的小屋，但裡面沒有人，讓我突然想起了今年夏天去的位於家鄉的冷清遊樂園。當時也是平日的白天，客人和工作人員都很少，我得走到沒有任何人的遊樂設施旁露出想要搭乘的態度，工作人員才會察覺到並跑過來幫我啟動。

就算我們已經走到離小女孩最近的柵欄旁，還是沒有在附近看到大人的身影。冬子把上半身探向柵欄內，大聲對小女孩說：

「小妹妹，妳在這裡做什麼呢？」

女孩像是聽見冬子的聲音才察覺到我們的存在，態度僵硬地轉過頭來。大波浪捲的長髮滑順地自肩上流瀉而下。

「我是和媽媽一起來的，但是我跟媽媽走散了。」

「在平日中午和媽媽一起來這裡嗎……」

我對此感到訝異，但冬子卻用一句「你在說什麼啊？」毫不猶豫地反駁我。

「還是會有這樣的母子吧，畢竟這裡是遊樂園……小妹妹，妳的名字是？」

「惠里奈。」

「妳今年幾歲了？」

「六歲。國小一年級。」

「妳今天不用上學嗎？」

「嗯。今天是運動會的補休。」

她連在回答我們的時候也沒有要從木馬上下來的意思。

「怎麼辦？」

我雙手插腰這麼問後，冬子看向我的眼神變得很冷淡。

「總不能丟著她不管吧。我們和她一起尋找她的媽媽吧。」

我們在附近找到了印有園區地圖的告示牌。標示目前所在地的記號位於正圓形遊樂園的十二點鐘方向，也就是地圖的最上方。地圖正下方是遊樂園的正門，中央則是剛才看到的城堡。

「想個比較有效率的辦法來找人吧。如果從我們所在的位置以順時針方向前進，會依序看到這些遊樂設施。」

我指著地圖對冬子說明起來。我已經事先調查過這座遊樂園的基本資訊，知道主要的遊樂設施有哪些。

「首先是兩點鐘的方向，也就是那邊的滑雪橇。那是先搭纜車爬上小山，再從上面一口氣滑下來的遊樂設施。接著在四點鐘的方向有我們剛才見過的木製雲霄飛車、六點鐘方向則是正門前的廣場。然後位於八點鐘方向的是有巨大滑水道的游泳池，十點鐘方向是沿著叢林裡的河川往下航行的遊艇，再來就是旋轉木馬。這樣就繞完一圈了。」

冬子「嗯、嗯」地點著頭。

「也就是說，這個遊樂園是被我剛才列出的遊樂設施和廣場分成了六大區域。我們雖然才逛了園內半圈，但是正如妳所見，這裡非常地安靜，所以只要一邊從各區域的正中央通過，一邊大聲呼喊，聲音應該就可以傳遍整個區域。惠里奈的媽媽肯定就在其中一個區域裡，只要繞園內一圈應該就可以找到了。」

「不過，要是她媽媽待在遊樂設施的內部或建築物裡呢？如果是那樣的話，不在距離很近的地方呼喊應該是聽不到的吧。」

冬子對此有些疑慮，我則要她不用擔心。

「妳覺得有母親會拋下自己孩子不管，跑進遊樂設施或建築物裡嗎？就算她是去廁所，應該也能清楚聽到外面的聲音。最重要的是，如果真的是走散，惠里奈的媽媽現在肯定也臉色蒼白地尋找著她才對。」

冬子大概是認同了我的回答，並沒有再特別反駁什麼。我們離開告示牌前，轉身面對惠里奈。

「走吧，惠里奈，我們去找妳媽媽。」

惠里奈直率地回應了冬子的提議。她在木馬上併攏雙腿跳下來時，跟禮服一樣的綠色連身裙輕輕地飄動了一下。

我們決定先以順時針繞園內一圈再作打算。惠里奈和冬子手牽著手一起走，我則在距離約三步遠的後方跟著她們。

「媽媽！」

「惠里奈的媽媽！」

兩人輪流大聲呼喊，我則在後方連衣服摩擦聲都不放過地豎耳傾聽。

「……喂，夏樹。」

「嗯？」

「你認真一點找啦！明明是你自己提出大聲喊叫這個方法的，為什麼一直不說話啊？」

冬子轉過頭來，怒氣衝天地責怪我。而且還跟惠里奈異口同聲地說著「那個哥哥好過分喔！」之類的話。我也是考慮了很多，想說三個人靠得那麼近又同時呼喊的話只會蓋過彼此的聲音，或是等她們兩人喊累了我再努力幫她們呼喊，才會保持安靜的耶。我覺得很不甘心，便對著冬子的背影扮了個鬼臉。

我們繞了園內半圈，就快抵達廣場時，仍舊沒有發現像是惠里奈母親的人影，也沒有聽到什麼聲音。惠里奈似乎有點疲倦，數分鐘前就停止呼喊了。當我正在觀察她時，她突然沒頭沒腦地對因為賭氣仍持續呼喊的冬子提出了一個問題。

「冬子姊姊，你們兩位是情侶嗎？」

「惠里奈的媽……」

冬子很明顯地僵住了。我看著她這副模樣，無法克制湧上心頭的笑意。

「不、不是啦。聽好了，惠里奈，我們兩個只是朋友喔。」

冷汗直冒的冬子將臉湊近惠里奈，拚命向她澄清，我只好一邊露出得意的微笑一邊補充說道：

「目前『還算是』朋友喔。」

冬子「吼！」地發出怪聲，朝我的上臂打了一下。

當我們要繼續走完剩下的半圈時，一名拿著相機的白人男性與我們擦身而過。他隨手舉起相機對我們按下快門並開口說道：

「————？」

但我對英語是一竅不通。雖然我完全聽不懂，出國留學過的冬子態度友善地回答了他。

「他問妳什麼？」

我小聲向冬子確認，她便依序看了看我跟惠里奈的臉，答道：

「他問我們是不是夫妻帶小孩來這裡玩。」

在那位男性眼裡，我們三個人一定有許多奇怪之處吧。舉例來說，在年齡上，惠里奈出生的時候我們還是高中生，雖然並不是完全不可能當父母的年紀，但我聽說日本人在外國人眼裡看起來都比較年輕。所以就算他覺得我們看起來像是小孩帶著小孩來遊樂園也沒什麼好奇怪的。

「那妳是怎麼回答的？」

「我老實地告訴他是在幫走失的小孩找媽媽。」

「那妳為什麼不順便問她有沒有看到類似惠里奈媽媽的人呢？」

「咦？啊，說得也是喔。」

冬子大概沒想那麼多，瞬間愣了一下，但立刻就衝到男性身旁問了他一些事情。男性隨即搖了搖頭，就算是不懂英語的我也明白他的動作代表著什麼意思。

最後，直到繞完園內一圈，回到旋轉木馬前為止，我們都沒有遇見任何女性。孩子呼喚母親的聲音沒有傳到母親耳中，孩子也沒有聽到母親呼喚自己的聲音。

「真奇怪……只要繞一圈應該就會在某個地方遇見才對啊。」

我抱著胳臂，苦惱地低喃。腳下顏色黯淡的雜草間傳來了蟋蟀的叫聲。在遇到追尋的對象之前，我們也只能不停地嗚叫嗎？

「媽媽到底跑去哪裡了呢……」

惠里奈的喃喃自語裡也出現了一絲怯弱。雖然她一直表現得很堅強，但終究是只有六歲的孩子，就算突然哭起來也不奇怪。那樣一來，我們也會覺得很難受。

因此，就算只是勉強裝作沒事，冬子表現出來的開朗態度還是讓我覺得稍微獲得了救贖。

「說不定惠里奈的媽媽正以和我們一樣的速度跟方向繞著遊樂園在尋找惠里奈。那樣的話就算繞了一圈也是有可能遇不到的。」

冬子說得沒錯。這樣的想法是希望的成分占了比較多，但可能性並不是零。

「我們分成兩路尋找吧。」

為了提高找到母親的可能性，我進一步提出了以下的建議。

「從現在開始我會以逆時鐘方向朝遊艇前進，冬子和惠里奈就再去一次滑雪橇的地方看看吧。只要和剛才一樣不斷地大聲呼喊，應該就能在我們回到廣場會合前遇到惠里奈的母親。」

接著，我讓自己的視線變得與惠里奈一樣高，盡可能地以溫柔的語氣說道：

「我想妳或許覺得很累了，但只要再努力一下就好。妳辦得到吧？」

惠里奈彎著手指揉了揉眼睛，對我點點頭。

「那就這麼決定囉。夏樹，你這次一定要認真找喔。」

冬子的提醒大概也是一種開玩笑吧。我敷衍地對她說：「知道了，知道了。」目送兩人離開。就算牽著手的兩人已經消失在滑雪橇的方向，我還是聽得到她們的聲音。連隔壁區域都聽得到的話，實在很難想像對方和我們待在同一個區域卻沒聽見。

我轉身向後，開始使用特地保留到這時的體力呼喚惠里奈的母親。當我一個人在沒有其他人的園內行走時，冬子曾說過的那句「只讓人類消失的魔法」突然在我耳中復甦。如果我就這樣走下去，會不會就算抵達了廣場，卻不只沒找到惠里奈的母親，還連冬子她們也再也見不到了呢？為了揮去這種明明認為很愚蠢卻又感到害怕的妄想，我不停地重複呼喚著連見都沒見過面的女性。

我走過了遊艇區和游泳池。雖然不好的預感越來越強烈，但我才走完園內半圈而已。先行出發的冬子她們應該會比我更早抵達廣場，但如果她們在途中遇見惠里奈的母親，那當然就不一定會比我早到了。所以我反而希望不會在廣場看到冬子她們，但是……

「……看來是沒找到呢。」

冬子疲憊地和惠里奈一起坐在花壇前，一認出我的身影，臉上的疲勞之色就變得更深了。

「這不可能啊，妳認真找過了嗎？」

因為實在太難以置信，我忍不住脫口而出這句話。冬子霍地站起身子，雙頰脹紅地反駁道：

「我找過了啊！我喊到喉嚨都痛了，但連半點回應都沒有。」

「這樣啊……我這邊也一樣。我連惠里奈的名字也一起喊出來，最後還是沒找到人。」

惠里奈正拿著應該是撿來的樹枝戳著爬到她腳邊的西瓜蟲。西瓜蟲都縮成一團了，她卻沒有表現出開心的態度，反而像是打從心底覺得無聊的樣子，也沒有要對附近兩名大人的交談內容表示關心的意思。

當我無意識地盯著她那年幼卻帶著一絲哀愁的身影時，某個詞彙突然隨著巨大的衝擊出現在我腦中，簡直就像是目擊一道上鎖的門被在我面前遭到踹破一樣。

在那之前，我因為體諒女孩子的心情，一直沒有說出KISETSU之類的輕率話語。但這時浮現我腦中的詞彙，卻有可能讓事情顯得非常棘手。當我躊躇著是否該說出口，忍不住與冬子視線交會時，我瞬間察覺到她似乎也考慮起同樣的事情了。

冬子先轉身背對惠里奈，讓她絕對不可能聽到我們在說什麼。然後像是要吐出長滿尖刺的果實一般，以顫抖的聲音說出了也存在於我腦裡的那句即使伴隨著痛楚卻還是得說出口的話。

「該不會……是被棄養了吧？」

4

——在平日白天被帶到沒有人的遊樂園、遭遺棄的女孩。

「不，那是最糟糕的情況。應該還有其他可能性。」

我從嘴裡擠出了這句聽起來也像是在說服我自己的話。

「說不定她母親是失去意識或其他理由所以才沒有聽到我們的聲音。也有可能是在老舊的建築物裡發生意外，不知道被關在哪裡了……」

我說到這裡就噤口了。無論說得再多都改變不了情況很棘手的事實，而且如果事情真的跟我們猜想的一樣，那就絕對不是我們能夠處理的問題。

我們兩人沉默了好幾分鐘。只聽得見蟲子的叫聲和惠里奈正在用樹枝玩耍的沙沙聲。在這段時間裡，我認真地考慮了幾個接下來應該採取的行動，然後說出了只用來表示結論的這句話：

「……要叫警察嗎？」

「不行啦！那樣的話……」

我認為她的回答是「警察」這個聽起來就很嚴肅的詞彙所引起類似過敏的反應。雖然我能夠理解冬子那句「那樣會……」的後續所要表達的擔憂，但她終究沒有將後續的話實際說給我聽。她說話的音量太大，使惠里奈抬起了頭。

「媽媽丟下我自己走掉了嗎？」

聽到她那像是乾燥土壤的觸感般缺乏情緒和溫度的聲音，我立刻決定先暫緩實行剛才的提議。惠里奈雖然年紀小，卻絕非嬰兒。她已經大到能明白有些情況就算大哭大鬧也沒有用了。如果有心力哭的話還比較沒問題，但從態度就看得出來，她的精神狀態已經快到極限了。

「怎麼會呢？等一下就會找到了啦。因為迷路的是媽媽嘛。在找到媽媽之前，妳就先和大哥哥我們玩吧。」

我先對惠里奈微笑了一下，然後在看起來很不安的冬子耳邊悄聲說道：

「現在最重要的是讓惠里奈的心情保持平靜。我們不能表現出軟弱的態度，得在她面前維持愉快的樣子才行。」

「但是，那樣根本無法徹底解決問題……」

「妳就先陪惠里奈玩，我趁機繼續尋找她母親。我會裝出若無其事的樣子，免得讓惠里奈察覺出來。」

不知不覺間，我們的影子已經在廣場的茶紅色地面上變得相當長了。我看了看正門旁、標有營業時間「早上十點到下午五點」的告示牌，一邊詢問冬子。

「妳能在這裡待到幾點？」

「這個嘛，現在是下午四點……考慮到回大阪所需要的時間，大概只能再待一個小時吧。我晚上已經跟人約好要一起吃晚餐了。」

我點點頭。我跟冬子早就決定好要在晚上告別了。

「這裡的警衛會在每天下午五點仔細巡視一次園內的樣子。我們就以那個時間為期限，如果在那之前還沒找到她母親，我們就報警吧。」

冬子也以僵硬的表情點頭同意了。

「那麼，惠里奈，我們走吧！」

冬子以開朗的語氣提議後，惠里奈就扔下手裡的樹枝跳了起來，「嗯！」

看到她的笑臉，我緊張的情緒也稍微緩和下來。沒問題的，只要有開心的事，她就還能暫時保持精神充沛。

我們先前往位於附近的遊戲區。投籃機旁邊有個拋圈圈的遊戲，惠里奈每拋出一個圈圈就興奮地大叫，我則趁機在陰影處較多的區域到處繞繞，但並沒有發現看起來像是她母親的人影。

打著「夏季限定」名號的游泳池是完全封閉的。這裡除了滑水道外還有流動戲水池和造浪池等等，感覺非常值得一玩。惠里奈一直對錯過了游泳池開放營業的時間感到很可惜。

因為氣溫隨著太陽西傾逐漸轉涼，考慮到要是不小心把衣服弄溼就糟糕了，我們只在遊艇外稍微看看而已。動物的模型在仿造叢林的樹木間若隱若現，害我瞬間忘記自己的目的，稍微興奮了一下。

我仍舊沒有發現惠里奈的母親。不久之後，我們又回到原本的地方了。

「冬子姊姊，我們去坐那個吧！」

惠里奈拉著冬子的手走向旋轉木馬。我頓時忘記目前的情況，露出微笑望著她這副模樣。剛才她獨自一人時也是坐在木馬上，看來是很喜歡旋轉木馬……

突然間，我感覺到好像有哪裡不太對勁。

那種感覺十分微弱，程度跟缺了一角的指甲勾住桌巾的纖維差不多，只要手輕輕一揮就可以甩開，顏色淡到如果不專注凝視就會跟周遭景色同化。我極為慎重但確實地伸手把它拉向自己。

——冬子姊姊，我們去坐那個吧！

最後，我把那個不對勁的真面目納入了掌中。

就像是原本以為只是指甲稍微勾住桌巾，最後卻把桌巾和上面的餐具、或者是把整張桌子都翻倒了。我在自己洞察到的事物中看見了如此巨大的轉變。

「冬子……」

我像幾小時前所做過的那樣，對著她走向旋轉木馬的背影呼喚她的名字。以填滿了胸口的空氣振動聲帶。這次絕對不會再讓自己的聲音被秋風捲走。

冬子牽著惠里奈的手停下腳步，轉過頭來。我為了繼續說下去而吸了口氣，黃昏的味道滲入了我的肺部。

「我有很重要的事要跟妳說。」

冬子明顯地慌張了起來，但那大概是由於她誤解了我真正的意思吧。

「惠里奈還在這裡耶，你突然這樣……」

「她在場反而比較好。」

我一步一步地縮短我們兩人之間的距離。接著，我看向緊閉著嘴巴的惠里奈，對冬子說道：

「因為我現在正打算針對她消失的母親進行KISETSU。」

因為覺得太輕率了，我之前一直沒有把這句話說出口。

但我錯了。打從一開始，這就是一件值得KISETSU的事件。

我把啞口無言的冬子晾在一旁，在惠里奈面前蹲了下來。

「惠里奈。」

雖然沒有證據，但我有明確的把握。所以我決定藉由小孩的嘴巴來引出真相。我承認這樣很卑鄙，但就這點來說敵方和我是半斤八兩。

「惠里奈，妳今天是和媽媽兩個人一起來這個遊樂園的對吧？」

「嗯。」惠里奈看起來有些害怕，但她還是明確地回答了。她是個好孩子，而且很聰明。

「那妳的媽媽……該不會就是**冬子的姊姊**吧？」

惠里奈聽到後，不知所措地抬頭看向冬子。她的反應基本上跟承認了沒兩樣。惠里奈毫無疑問地就是**冬子的外甥女**。

一旦明白了這點，整件事就顯得十分愚蠢。我帶冬子到有旋轉木馬的地方，想讓今天與七年前校外教學時的那一夜重合在一起。但冬子不僅沒有忘記七年前的事，還打從一開始就察覺到我這麼做的目的。所以她仍舊和七年前一樣想製造騷動耗盡時間。因為我今天又打算要把一直沒說出口的事情告訴她。

換句話說，惠里奈只是被冬子的計畫牽連進來罷了。冬子在思考該怎麼阻止我的決心時想到了假裝尋找走失小孩的母親的計畫。她當然會需要一個小孩來實行計畫。因此她找姊姊商量，借用了惠里奈。惠里奈的母親大概是一邊讓她坐在旋轉木馬的馬上，一邊再三叮嚀她今天要假裝自己是走失的孩子，以及不能表現出認識冬子的樣子。既然都念小學一年級了，當然也已經具備這點程度的智能。

我繼續蹲在地上，像是要讓冬子聽見似地說道：

「我真的很同情惠里奈，竟然得配合演出這場戲。不僅是個乖乖遵守母親意義不明指示的好孩子，還聰明到能一直欺騙我到剛才為止。雖然冬子的演技也滿厲害的，但惠里奈今天有如名演員的表現讓我只能甘拜下風了。」

不過，我認為惠里奈剛才之所以會表現出一副疲憊不堪的樣子，既不是因為她在演戲，也不是見不到母親而覺得寂寞，而是真的對這場看不到目的和終點的走失小孩遊戲感到疲憊了。但這無法改變惠里奈相當聰明的事實，而且也證明了冬子的罪有多重。

「不過，再怎麼說，惠里奈仍是個小孩。我過了好一陣子才終於察覺到妳犯下的唯一一個錯誤。」

——冬子姊姊，我們去坐那個吧！

我聽見那句台詞時感覺到的不對勁。

那就是惠里奈已經知道冬子的名字。

「當然了，那時我早就在惠里奈面前提起冬子的名字好幾次。但惠里奈其實在更早之前就叫過一次冬子的名字了。」

——冬子姊姊，你們兩位是情侶嗎？

聽到這個問題後，冬子明顯地慌了手腳，我則半開玩笑地回答「還算是朋友」。這大概是因為冬子雖然找了自己的外甥女幫忙，卻覺得要讓她了解我們之間的複雜情況太困難，才沒有告訴她我們是什麼關係吧。但是冬子隱瞞不談的事實卻勾起了惠里奈純粹的好奇心。這對冬子來說完全是意料之外的事，她才會慌了手腳。而我則在那個瞬間不禁感覺到了不對勁。

我剛才之所以用「意義不明的指示」來形容她被要求裝成迷路小孩的事，理由也在這裡。惠里奈雖然明白指示的內容，卻沒有人對她說明為何必須這麼做。這種不明確的狀態大概只會讓她越來越疲憊，只犯下一次失誤已經是值得驚嘆的表現了。

不過，在遇到惠里奈前不久，我曾呼喚過冬子的名字一次。但我不認為離我們那麼遠的惠里奈能聽到我的聲音。而且，在那之後，直到提出剛才的問題為止，我都沒有說過冬子的名字。

「不過，只因為惠里奈認識冬子就立刻斷定她是冬子的外甥女，感覺也太牽強了。關於這點我並沒有確切的證據，所以就乾脆直接詢問惠里奈本人了。」

為什麼我會猜測惠里奈是冬子的外甥女呢？那當然是因為我還記得七年前的事情。據紗知所言，冬子好像在那次的校外教學時成為了阿姨。她告訴我這個消息時是這麼說的。

——她住在關西的大姊昨天生下了孩子。

校外教學是在七年前的冬天，所以那孩子現在是六歲，已經長大到念國小一年級了。而且當時我聽說冬子姊姊和丈夫是住在關西。雖然無法確定，但七年前住在關西的一家人現在仍住在關西的可能性絕對不低吧。與其把這些事實歸納成單純的巧合，倒不如視為促使冬子策畫出今天這項走失小孩計畫的因素，這樣對我來說還比較有說服力。

「但是，當我問惠里奈的母親和冬子是不是姊妹時，惠里奈卻沒有輕易地點頭承認。真的是個很聰明的孩子。看到那樣的反應後，冬子大概也不想再矇混下去，讓惠里奈繼續受苦了吧。」

冬子什麼也沒說地低頭看著下方。

惠里奈在聽我說話的時候，一直像被責罵了似地垂頭喪氣。或許是我剛才用了「失誤」這個詞來形容的關係吧。不過，要不是因為惠里奈，我也無法看穿冬子的企圖，而且冬子的要求對六歲的小女孩來說本來就太過勉強了。惠里奈沒有必要覺得自己受到斥責。我摸著惠里奈柔軟的髮絲說道：

「妳已經很努力了，大哥哥完全被妳給騙了喔。妳一定很寂寞吧，媽媽馬上就會來接妳囉。」

聽到這句話後，冬子就用手機打起了電話。冬子的姊姊肯定是一直躲避著我們，打算趁時間到了再到遊樂園的正門迎接惠里奈吧。只要在正門見證她們母子重逢，自然就會演變成我們也該回家的形勢。那樣一來，我大概就很難開口說要特地回到旋轉木馬前了吧。

換言之，冬子今天找惠里奈來這座遊樂園的理由只有一個，就是為了避免我和冬子兩人在旋轉木馬附近獨處。只要能防止這種情況發生，我就不會被夏樹告白。冬子是這麼想的。

「我還是想再坐一次旋轉木馬！」

雖然應該不是因為顧慮到我們，但惠里奈冷不防地這麼說，然後就跑向了旋轉木馬。我一邊站起來目送她離開，一邊低聲說道：

「這種遊樂園裡是不可能出現什麼走失的小孩的。」

是啊。冬子附和道。對我來說，那聽起來就像是把心削了一塊吐出來一樣。我想，她或許是藉此來向我道歉吧。

「夏樹你從一開始……從一看到那孩子的瞬間就覺得很奇怪了嗎？所以才會沒有很用心地幫忙找她的母親，還特地說出警察這個單字來嗎？」

「不，我一直以為她是真的走失了。不過，如果仔細回想的話，的確是有種不對勁的感覺。」

——怎麼可能會在平日中午和媽媽一起來這裡。

冬子深呼吸了一口氣。總覺得那猛然垂下肩膀的動作裡隱含著她的心情。

「所以我的計畫在前半段其實進行得很順利嘛。不過，到頭來還是贏不了夏樹呢。只因為惠里奈喊了我的名字一次，就可以在最後連她是我外甥女的事情都看穿，你已經遠遠超越優秀觀察者的等級了。別看我這樣，今天的計畫我可是費了很大的工夫才想出來的呢。」

「我想這次的問題並不是在於冬子比我遜色或是我的觀察力太敏銳，而是用錯了方法。打從一開始就錯了。妳不應該去捏造一個走失的小孩。因為……」

我盡情地展開了雙臂，像是要把這座秋天的夕陽微光靜靜灑落的遼闊遊樂園整個緊緊抱在懷裡一樣。

「**這裡是好幾年前就已經停止營業的廢棄遊樂園啊。**」

5

這座廢棄遊樂園位於奈良縣內某處。

一九六〇年代初期開幕，成為國內主題遊樂園的先驅，最興盛的時候一年入場者甚至多達一百六十萬人。但是，隨著後來關東和大阪等地也有更先進的主題樂園開始營業，這裡的入場者也不斷地減少，最後經營陷入困難，被迫關閉。雖然經營方提出了幾個將土地再作利用的方案，也考慮過售出，但因為遇到各種障礙，這些方法全都沒有下文，到現在還沒有決定該如何處置。以前這裡曾是小孩，不對，是連大人也包括在內、充滿人們夢想的國度，現在卻缺乏完善管理和修整而逐漸成為荒涼的廢墟。

不用說也知道，這裡基本上是禁止進入的，我們所做的事情算是非法入侵。所以冬子對警察這個單字表現出抗拒態度時，我以為是因為她害怕被問罪。不過，由於這座廢棄遊樂園有種詭異但哀愁的氣氛，在網路上成了話題，似乎總是會有人偷闖進來的樣子。今天和我們擦身而過的年輕人和白人男性應該也是如此吧。不過，老實說，因為我事先調查過，早就得知幾項能讓我們安全參觀的資訊了，像是正門已經毀損而總是開著一條縫、每天下午五點警衛都會過來巡邏等等。

因為是廢棄遊樂園，我當然沒辦法利用廣播之類的方式呼喚走失小孩的母親。此外，雖然不是什麼重要的事，但今天我們遊玩的幾項設施，像是咖啡杯的方向盤、投籃機、拋圈圈等等，全都是不用通電也可以遊玩的。

對一個國小女生來說，那就像是把食物放在飼養的狗面前卻不讓牠吃一樣，我想她一定覺得很不滿足吧。

「如果這個旋轉木馬能真的轉起來就好了。」

惠里奈喃喃說道，搖了搖自己騎的木馬。

我們像是被她吸引似地走向旋轉木馬。在白天的陽光下看起來很廉價的裝飾，到了黃昏時卻很奇妙地覺得好看。如果上面的燈泡能點亮的話一定很美麗吧。

我在柵欄外停下了腳步，冬子卻走上旋轉木馬，坐到了惠里奈隔壁的木馬上。我看著這對相視而笑的阿姨和外甥女，腦海裡突然浮現了某個畫面。

「我想到一個好點子了。妳們兩個先暫時維持那種高興的樣子。」

我一邊說一邊舉起了相機。接著，我調整鏡頭的高度和遠近，將呆住的兩人的全身都納入取景框內，並保留了一些空間，讓鏡頭可以拍到馬和馬車，但看不到屋頂和柵欄，然後把相機設定成錄影模式。除此之外，我還用手機找了很有旋轉木馬氣氛的開朗又懷舊的音樂來播放。

「要開始囉！」

我在發出吆喝聲的同時盡量讓相機的視角保持固定不動，然後沿著旋轉木馬的柵欄快步移動起來。因為橫著走的關係，我好幾次差點失去平衡，但在繞了一圈之後就抓到訣竅，能夠流暢地行動了。

當我回到冬子她們所在的地方時，兩人已經明白我的意圖，帶著彷彿旋轉木馬真的在轉動般的笑容上下搖晃著木馬。所以我當然也沒有因此就停下腳步。我拋下她們，又繞了一圈，然後再繞一圈。

結果，我在繞完第五圈時感覺體力到達極限，停了下來。

「這樣……應該……夠了吧……」

惠里奈和冬子從馬上跳下來，跑到氣喘吁吁的我身旁。肩膀還在上下起伏的我操作起相機，讓所有人都可以看到相機的小螢幕，並播放了剛才拍攝的影片。

——勉強能夠聽見的音樂、比那還大聲的我的腳步聲和呼吸聲、像正弦曲線[1]一樣上下晃動的視角、到處奔跑的木馬們，還有不知不覺間出現的滿臉笑容的惠里奈和冬子。

當影片播到最後，自動停止時，我低吟了一聲，說道：

「感覺不太對。」

「是啊。我原本以為會拍得更像一回事的。」

和辛辣表示同意的冬子截然不同，惠里奈的回應相當溫柔。

「不過，要說旋轉木馬沒有在旋轉，倒也不至於喔。你們看，只要像是在看遠方一樣模糊地望著它……」

「惠里奈，那等於什麼都看不到喔。」

我們三人互相笑了一陣子後，從遠處傳來了呼喚聲。

「惠里奈！」

「媽媽！」

周遭已經開始逐漸變暗了。但惠里奈好像還是一眼就認出了母親。她跑向在黃昏中朦朧地浮現的女性，然後直接摟住了她的腰。

隨後，那名女性認出我的身影，低下頭向我致意。雖然我們之間的距離沒辦法讓我看清她的表情，但就算看得到，我也一定不認識她，那個名叫由梨繪的人的臉。如果按照原本的設定，這是走失的孩子與母親睽違數小時的重逢，那我應該連在和她們告別之時都不會察覺到她就是冬子的姊姊吧。

之前已經在聊天時好幾次提起她，當本人就站在面前時，反而覺得像是幻覺一樣。那個人就是冬子的姊姊啊。她之所以沒有走過來，肯定是冬子已經把包括今天的計畫以失敗告終在內的所有事情都告訴她了，對我感到很不好意思。

我帶著寬恕之意點頭回應她後，她們母子便牽著手轉身背對我們，踏上了回家的路。當我無意識地盯著這副情景時，冬子轉身面對旋轉木馬，感慨地說道：

「我們一起經歷了許多季節呢。」

季節這個詞的重音和只有我們兩個才會使用的KISETSU不一樣。但我還是姑且問了句「KISETSU？」表示確認，而冬子則搖了搖頭。

「是季節喔。認識夏樹已經八年了吧。我們在這段時間裡重複經歷了許多季節呢。

---

1 正弦曲線：是一種三角函數中呈正弦比例的曲線，形狀像是左右對稱的海浪。

我突然覺得那就好像旋轉木馬一樣。」

一起度過的季節、分開度過的季節。比較特別的是從今年冬天開始，隨著四季變化，我和冬子一起經歷了好幾項令人印象深刻的事件。冬天乘坐的馬出現後又離去，春天乘坐的馬也是來了又走，就這樣度過了夏天和秋天，不知不覺間，同樣的季節又來臨了。簡直就像是旋轉木馬一樣……

「季節不斷更迭嗎……」

我這句在旁人聽來會覺得感傷到可笑的台詞，只會在現在的兩人之間種下更多感傷罷了。冬子輕咳了一聲後，以像是會被吹過的秋風捲走般的微弱聲音對我說道：

「對不起。」

她應該不認為只要道歉就能解決問題。但她一定沒有察覺到那句話裡的殘酷聲響。我自嘲地笑了笑。

「和七年前一模一樣呢。」

冬子雖然露出了愧疚的表情，但還是含蓄地以笑容回應我。

「是啊。連在最後一刻全部被看穿的這一點也一樣，感覺真糟糕。」

「為什麼要做到這種地步？如果妳在聽到遊樂園這個詞時就有不好的預感，那只要拒絕不就好了嗎？」

但我的問題卻被冬子乾脆地否定了。

「我的確是想避免自己聽見夏樹你想說的話。不過，我連被你知道我想避免的這件事也想避開。所以我只能這麼做。」

「…………」

「這是我的任性。我覺得自己很差勁。但是……」

已經無所謂了。我的耳朵捕捉到冬子的嘴唇確實吐出了這樣的一句話。

「告訴我吧。因為那是夏樹不惜做到這種程度也要傳達給我的事情嘛。必須好好聽你說才行。不然我會越來越討厭自己……」

冬子說到這裡就閉上了嘴巴，把聽起來像哀鳴的話語劍峰收進鞘裡，硬是對我擠出了笑容。

「所以，告訴我吧。夏樹你今天想要傳達給我的事情。」

畢竟我今天所做的一切都是為了傳達這件事，我也一直為了這瞬間醞釀自己的情緒。我告訴自己一定要向她誠實坦白，也告訴自己這次絕對不會再受時間限制的阻撓。

但是……

「不，不用了，還是算了吧。」

湧上喉頭的決心在說出口時已經變成完全相反的內容了。

「讓妳這麼痛苦，我真的打從心底感到抱歉。但我今天已經決定放棄了。」

其實我也和冬子一樣，非常害怕失去我們目前的關係。如果可以就此保密下去的話，我甚至想要避談這件事。

說穿了，我只是聽從自己膽小的耳語，將應該來臨的時刻往後延而已。但冬子似乎鬆了一口氣。

「……這樣啊。我明白了。畢竟這也不是能硬逼你說出來的事情。」

我沒有回答她，而是離開旋轉木馬，開始走路。

「妳說已經跟人約好要吃晚餐，指的是剛才見到的姊姊她們對吧？」

「真虧你看得出來。因為我接下來暫時沒什麼機會在這邊和她見面了。」

我盡可能以聽起來不會很冷淡的口氣對並肩而行的冬子說道：

「妳姊姊也是開車過來吧？妳就跟她們一起回去吧。如果待會妳們先各自回去，然後再找地方碰面的話，應該會很麻煩。」

「咦？可是我們得把租來的車還回去才行……」

「沒關係啦，我來處理就好。而且我本來就也打算晚餐要在外面吃了。」

她之所以沒有堅持己見，肯定有一半是顧慮到我的心情，另一半則是為了自己。如果我們兩個就這樣一起坐上車，回程時無論如何都會覺得氣氛緊繃到喘不過氣來吧。

「那就這麼辦囉。我和夏樹就在這裡說再見吧。」

冬子走到我前方，將身體轉了一圈面向我，然後笑著揮了揮手。我則以微笑回應她。

「謝謝，我玩得很開心喔。」

「我才要說謝謝。能參觀廢棄遊樂園是很難得的事情，我也非常開心。」

接著，冬子就拋下我跑向遊樂園的正門了。如果她想讓自己表面上看起來是要去追姊姊她們，那她的行動就是極為自然的。我一直呆站在原地，直到看不見她的身影。成群的烏鴉像是現在才被人的氣息嚇到一樣，一起從冬子走過的道路兩旁飛了起來。

黃昏在這時很方便，能藏起從笑容的一角或空隙偷溜出來的真正心情。

我看著始終沒有回頭的冬子背影，想起了自己的母親。想起了因為對沒有被選上的垃圾桶依依不捨而轉頭回望賣場的母親。

我之所以讓冬子先回去，是因為要是情況相反的話，我知道我肯定會跟母親一樣回過頭看冬子。明明已經決定放棄了，腦袋也很明白，卻還是會依依不捨地轉頭往後看。而且那恐怕才是心裡真正的想法。自覺到這點讓人感覺更加痛苦。

有個無法完全放棄的自己還存在於內心某處，想著如果今後也能一直和冬子在一起就好了。但這種未來是不可能的。不管靠得多近，冬子的心都絕對不會接受我。從今天發生的事情就可以看出來了。

無論我們多麼努力在此度過快樂的時光，現在站立的地點終究是個廢棄遊樂園，是個只陳列著迎來終點的夢想殘骸的國度。

當我回到停車場時，已經找不到像是載著冬子的姊姊來到這裡的車子了。我在離開之時再一次拿起相機對著遊樂園按下快門，但因為光線不足顯得模糊不清，幾乎沒拍到什麼東西，就像是在證明發生在夢之國度的事情全都是夢一樣。

那天我究竟想在旋轉木馬前告訴冬子什麼事呢？我並沒有親口告訴她答案。

最終話

冬

季節如旋轉木馬般更迭

1

——然後，冬天到了。

夜晚的公園鴉雀無聲，感覺不到人的氣息，從周遭的公寓窗戶流洩而出的燈光就像是冷冷俯瞰這裡的眼神。

現在的時間還沒有晚到會讓那些燈光全部消失。人們之所以不願靠近公園，最主要的原因應該是毫不留情地襲向年末街道的寒冷吧。在我剛才看的天氣預報裡，年齡不詳的女性氣象播報員說接下來氣溫會急速下降，持續到明天為止。

我彎腰坐下的木製長椅雖然很冰冷，但我不知道那是不是身體微微顫抖的原因。我一直插在大衣口袋裡的手正緊緊地握著手機，那是在接下來的時間裡我唯一會用到的東西。

我讓這個瞬間的到來延遲了很久，此時應該就是極限了。

我決定今晚一定要把事情做個結束。要把已經陪伴我夠久、一直無法忘懷的感情劃下句點。要對明明已經不適合我，卻一直依依不捨地停滯至今的青春提出必然的告別。

到手機的螢幕顯示出我要聯絡的對象為止，都進行得很順利。在那之後我試了兩次都沒有按下撥號鍵，但我決定想成是因為我的手指凍僵了。第三次操作時我沒有再失誤，貼在耳邊的手機聽筒傳來了撥號聲。

我心跳加速，拿著電話的右手不停晃動。從嘴裡吐出來的氣息在頭上電燈的照耀下呈現淡藍色。雖然沒有實際看過，但我看起來長得好像魂魄。

大概是我突然打電話過去的關係，過了一陣子還是沒有接通。但在我心中急速膨脹的膽怯對右手下達重新來過的指令前，撥號聲就停了。

「……喂？是夏樹嗎？」

那是睽違三個月的冬子的聲音。

她的聲音雖然和往常一樣清澈，但彷彿已經預料到我接下來要說的事情，感覺不出平常的開朗，真是不可思議。簡直就像是在畏懼什麼似的，又像是戰戰兢兢地想窺視昏暗洞穴的深處一樣。

「不好意思，這麼晚還突然打給妳，妳現在有空嗎？」

「嗯，我在自己的房間裡，所以沒問題……但夏樹你還在外面對吧？你每次突然打電話給我的時候都是這樣。」

冬子大概是想起了夏天時我在大阪打電話給她的事吧。連經過公園旁的汽車行駛聲透過手機傳給她的情況都一模一樣。她體貼地問我會不會冷，我雖然很感謝她，但還是刻意忽視了這句話。

「可以借用妳一點時間嗎？我有一件事情無論如何都要告訴妳。」

她聽到後輕輕嘆了一口氣。

「該不會是在旋轉木馬前沒說出來的事情吧？」

她並沒有表現出驚訝的態度。畢竟我的態度那麼正經，對方當然能輕易察覺出來。不對，從電話接通後的第一句話來推斷，我在這種時間打電話給冬子，就已經讓她領悟到什麼事情了吧。

「沒錯。希望妳今天不要逃避，能夠聽我說。」

我懷著想從後方架住她的心情如此說道，聲音卻缺乏力道，微弱到幾乎聽不見。冬子並沒有逃走。她明明可以雙手推開我，然後直接摀住自己的耳朵，卻用感覺比我還要堅定的決心回應了我。

「我明白了。我會認真聽你說的。」

我偷偷地嘲笑了在覺得安心之前先感到些許失望的自己。

舞台已經準備好了。不過，當這一刻真的到來時，我反而不知道究竟要從哪裡說起。我準備好的話明明多得可以堆成一座山，卻完全派不上用場，就跟才剛開始降下的雪一樣，在以為自己抓住它的瞬間就已經融化了。

冬子沒有催促我，在電話的另一頭保持沉默。但我的聲帶越是焦急，就越無法恢復正常功能。這種既怪異又令人焦躁的心情，和明明是很喜歡的歌，卻完全想不起來時的感受非常類似。

我想我最後還是沒有把事先準備好的話說出來。只是沒辦法再繼續忍受沉默，所以不管怎樣都好，至少得先說些什麼的心情戰勝了一切罷了。而且還懷抱著一絲期待，認為只要在上游划動船槳，最後應該還是會漂到我想前往的下游。

「那個，我……」

「等一下。」

然而，冬子卻像是瞄準了這一刻似地打斷了我的話。

我差點就發出了很不符合我個性的咋舌聲。好不容易才擠出聲音，卻被冬子瞬間制止了。這麼快就感到畏懼了嗎？剛才的決心到哪去了？我忽略自己可悲的優柔寡斷，陷入了想責備她的心境中。

但她接下來所說的話卻完全出乎我意料之外。

「可以讓我KISETSU你要說的事情嗎？」

我刹那間以為冬子是在開玩笑。以為她因為沉重的氣氛喘不過氣來，忍不住說了好笑的話。但她的語氣十分正經，看起來不像是在打哈哈。

「KISETSU……妳的意思是要推測出我接下來要說的內容嗎？」

「嗯。如果說錯的話我會跟你道歉。但我覺得自己應該知道。知道夏樹今晚打電話給我是想跟我坦白什麼。」

「就算答對了又能如何呢？反正到最後我還是會說出來，就算冬子說中了也沒有意義吧。」

「就算沒有意義又不會怎樣。到目前為止我們經歷了好多KISETSU，但大部分都是由夏樹提出說明，我根本沒什麼活躍的機會。在這種時候讓我一下也不會怎樣吧？」

因為冬子很認真地生起氣，害我忘了目前的情況，不小心笑了出來。既然如此，我也沒辦法再堅持拒絕她的要求了。明明很想以自己的話好好傳達，卻總是沒辦法做到，這樣的我也很明顯地有不對的地方。

「我知道了。那妳就盡量KISETSU給我聽吧。」

我抱著輕鬆的心情點頭答應後，冬子便輕咳了一聲。

而那正是宣告開始的砲聲。宣告接下來冬子將展開一段很長很長的敘述。她所說的第一句話讓我反過來成了被人從後方架住的人。我一句話都說不出來，只能專注地傾聽她的KISETSU。

「夏樹……**你要結婚了，對吧？**」

2

——我好像一直誤會了。

夏樹以前曾經喜歡過我，這我應該沒有說錯吧？高中校外教學的時候，你約我到沒有人會去的餐廳，應該是為了跟我告白吧。那天晚上我明明做了很過分的事情，夏樹卻還是繼續當我是朋友，這當然讓我覺得很高興，但同時也有一種不太正常的感覺。我總是不由自主地想，夏樹是不是在勉強自己呢？

去年夏樹生日的時候，我會試著主動跟你聯絡，應該也是我一直把這件事放在心上的關係。也可以說是我想去除當時感覺到的疙瘩吧。如果是現在的話，我覺得我們或許能夠恢復單純的朋友關係。

但實際上又是如何呢？我們的關係或許終究不太正常吧。雖然我也以自己的方式努力過，刻意表現出天真單純的態度，想辦法修補我們之間的關係，但好像反而讓情況變得更複雜了。我覺得夏樹肯定還介意校外教學時的那件事，反而是我一直沒辦法擺脫那天晚上發生的事情。

因此，當夏樹你九月邀我去廢棄遊樂園的時候，我才會覺得夏樹這次是鐵了心要在有旋轉木馬的地方跟我告白。但我討厭這樣子，我害怕我們兩人的關係變得越來越不正常，於是打算偷偷妨礙……現在回想起來，那真是天大的誤會呢。

那一天，我最後決定放棄，也對任性的自己感到厭煩，下定決心要認真聽夏樹所說的話。我當時不是說了嗎？要你告訴我想說的話。夏樹卻回答「還是算了吧」。

老實說，我在那個瞬間鬆了一口氣。但事後我開始在想，為什麼當時夏樹會閉上了嘴巴呢？然後，等到秋天結束，冬天到來時，我終於察覺到了。察覺到自己說不定是徹底誤會了。

告訴我真相的是在這一年裡所累積的回憶。和夏樹交談過的每一句話，或者是在幾次KISETSU中互動的情況。這些不是很重要的記憶片段，替我呈現出了夏樹至今一直對我隱瞞的我所不知道的夏樹的樣子。

首先是二月，在冬天發生的事情。

我們針對在神戶看到的一對男女的行動進行KISETSU的時候，夏樹說了很不自然的謊對吧。明明已經想到與那不同的真相了，卻隱瞞著不說，還對我發表了「男性是從遠方來見愛慕的女性」這種虛假的說明。

為什麼要做這種事呢？而我能夠想到的理由，就是夏樹的謊言裡所提到的男性的行動，其實是在解釋另外一個人的行動。

這並不是什麼很難懂的事情，對吧？那段說明所提及的並不是別人，而是夏樹你的行動。

那一天，夏樹你原本打算在適合的時機向我坦承白天所說的KISETSU是假的，同時告訴我從遠方來見愛慕的女性的人並不是那名男性，而是自己。這樣一來我自然會明白你所說的愛慕對象就是我自己。換句話說，那段謊言是你為了愛的告白所設計的小把戲。

既然我們會碰上奇怪的事件是出於偶然，那個謊言應該只是臨時想到的吧。不過，夏樹以前曾想對我告白，卻遭到我妨礙而放棄了。大概是因為比起以料想不到的方法告白，你更專注於防止我妨礙你，才會導致這種結果吧。

但是，在摩耶山頂的時候，我卻搶先對你說了我和前男友復合的事情……對不起，雖然那時所說的復合理由是我真正的想法，但我會在即將與夏樹見面前與他復合，主要的理由之一還是我覺得這樣子能讓我們的關係變得比較明確。正如剛才所說，我想要跟夏樹保持單純的朋友關係。所以，我想要事先作好準備，在萬一夏樹希望與我發展成超越朋友的關係時，能夠表現出沒有那種可能性的意思。因此我才會作出復合的判斷。

總之，從我口中得知我與前男友復合後，夏樹你就沒辦法按照預定計畫向我告白了。於是你便急忙將話題往重新進行KISETSU的方向發展，而且沒有提及你白天時說謊的理由。我因為太佩服你敏銳的觀察力，就忘了追問你所說的謊話。也就是說，我完全正中夏樹你想要蒙混過去的下懷了。

——以上所說的事情，其實我在春天來臨之前就已經察覺到了。但有關夏樹一直隱瞞的另一個真相，則要等到季節又回到冬天時我才終於想出來。

直接說結論的話，就是二月時夏樹來到關西的目的並不是只有和我見面。這和你那天是從奈良而不是福岡來到神戶也有關聯。

那天之後我想了想，還是覺得你不惜向公司請假也要約星期一見面的事情很奇怪。就算真如夏樹你所說的，除了我之外還預定要跟其他人見面，那也只要在星期六和星期日之間，選你比較方便的那一天來找我就好了吧。

你之所以沒有那麼做，是不想讓那位在奈良見過面的大學同學知道你之後要在神戶和我見面。換句話說，夏樹你在奈良見過面的對象，是個你特地從福岡過來後按理說必須整個週末都和對方在一起的人，否則就得告訴對方你來關西的理由。

能夠滿足這種條件的對象，除了女朋友之外，我想不到其他選項了。

當時夏樹對我說的理由是「我到昨晚都是住在同學家」對吧。你大概是主張「難得來到奈良，希望能盡量在一起久一點」，所以連星期日的晚上也住在女朋友家裡吧。週末結束後的星期一夏樹雖然請了特休，但你女朋友還得出門工作，到了早上就會自然而然地和她分開了。夏樹的女朋友大概是連在車站目送你離開的空檔都沒有，所以也沒看到你搭上了和她預想方向不同的電車吧。

這麼說來，關於那天夏樹帶的行李很少這件事，雖然當時你為了不讓我起疑，對我說你把行李放在同學的房間，但我仔細想想之後，還是覺得有點不對勁。如果你造訪奈良的頻率高到能以「還會再來」當理由把行李放在對方家裡，那把那個人假設成女朋友的話，應該會比視為同學還要來得符合常理吧。

雖然很難獲得十足的把握，但只要像這樣子仔細檢視夏樹的言行舉止，我想還是能看出一些很接近真相的事情。在去神戶和我見面之前的週末，夏樹雖然是和住在奈良的女朋友一起度過，卻各自向女朋友和我隱瞞了彼此的存在。

話說回來，我曾經想過夏樹要去見的「愛慕的女性」說不定其實不是我，而是你的女朋友。但這項推測應該可以明確地否定掉吧。如果真是那樣的話，就算告訴我說謊的理由也不會有任何問題。既然夏樹你沒有說出來，那就代表你完全是為了告訴我「我是來見妳」才會說那個謊的。

因此，夏樹當時想與女朋友結婚的念頭並沒有很明確，也還沒有放棄和我發展至更進一步的關係。你抱持著這種心態，卻又兩邊都想討好，說真的，我無法認同你的做法。不過，若要認真追究的話，滿心想著要和夏樹恢復朋友關係，把你找來神戶的人是我，而且我也用了復合這個手段來保護自己，所以我想我大概沒有立場責備夏樹。至於夏樹的女朋友，我也對她感到很抱歉。

不過……夏樹你之所以對女朋友隱瞞和我見面的事，理由當然就是你不想和女朋友分開，對吧？雖然你或許是打算若和我之間有所進展就要提分手，但就算是那樣，你也沒想過要先和女朋友分手，不是嗎？

這種不想與女朋友分開的心情，會不會其實才是你的真心，而我們之間所發生的事情，則完全像是誤會呢？

看著夏樹你在接下來三個季節裡的變化，我認為那是毫無疑問的事實。

接下來，季節變成了春天。

我因為諸多原因和男朋友分手後，夏樹送了一張花的圖片給我。那是一種淡桃色的花的圖片，你說是「上週末在外面走動的時候」發現的。

雖然我詢問了花的名字，夏樹卻不肯告訴我，我覺得很在意，就自己跑去查了。那種花叫作月見草。雖然聽過名字，但我對花一點也不了解，才會認不出來。

你猜我是怎麼查出來的？我去圖書館借花的圖鑑，一頁一頁翻著找。因為花了很多時間，找到同樣的花的照片時還頗有成就感的。然後呢，照片下方當然也記載了月見草的說明，內容提到它開花的時間是大約六月到九月，在《歲時記》[1]裡是被視為夏末的季語[2]。

——這樣很奇怪吧？因為夏樹送給我月見草圖片的時間是四月底喔。而月見草並不是「**上週末**在外面走動的時候」可以偶然發現並拍下來的花。

既然如此，那張圖片肯定是用別的方式拿到的。至於為什麼要特地做這種事的原因，我馬上就推測出來了。

夏樹在那張月見草的圖片裡隱藏了某個訊息。和夏樹你在神戶時說的謊一樣。

我們在春天時經歷的KISETSU裡，最後一個問題是跟花語有關對吧。我也沒忘記要調查這件事喔。

代表月見草的花語裡有一項是「沉默的戀愛」。

我想，這肯定是夏樹又以自己的方式吐露對我的感情吧。所謂「沉默」指的應該是

1《歲時記》：原本指的是記載著代表四季的事物或每年固定進行的活動儀式的書籍，但在江戶時代後主要指的是收集和分類俳句的季語並加上說明和例句的書籍。

2 季語：在詩歌創作中，用來表達特定季節的詞彙。

「因為是朋友而無法坦白」的意思。我便假裝沒有察覺到，在那之後也一如以往地和夏樹繼續來往。

——不過，到了今年冬天，我思考了一下之後，又覺得那段訊息的真正意思和之前認為的不太一樣。

夏樹之所以保持沉默，並不只是因為我們是朋友。夏樹自己已經有女朋友了才是最主要的理由。

夏樹你二月時雖然試著向我告白，但四月時又只對和男朋友分手的我送了月見草的圖片。既然如此，春天的時候，夏樹的心或許就已經偏向與女朋友結婚的選項了吧。我認為你刻意選擇「沉默的戀愛」這個花語，應該也是表達你想繼續保持沉默的決心。

或許這是個只考慮到我自己的想像，但應該跟事實相差不遠吧。到了夏天時，夏樹你已經在為結婚進行準備了。

夏天的時候，雖然隔著電腦螢幕，但我們兩人聊了很多事情呢。

但夏樹來到我在大阪所住的公寓時，卻只有把圖畫貼在房間的窗戶上，連我的臉都沒見到就回去了對吧。我怎麼想都不覺得你會只為了做這種事就來大阪。不用說也知道，你是因為還有其他事情要處理才會待在大阪的。

話說回來，夏樹你在那天的一個月前和我用epics通話的時候，曾說過你和聖奈見了面對吧。那是發生在週末，而且還是白天的事情，夏樹應該是去了聖奈工作的旅行社吧。聖奈因為工作性質的關係，週末也經常需要上班，而且，如果是晚上也就算了，但我從沒聽說過你們的交情好到會約在白天時見面。

至於你去拜訪正在工作的聖奈的理由，當然就是申請可以享受優惠制度的家族旅行方案，對吧？因為你在一個月後就到大阪找我了，我想把這兩件事情聯想在一起應該不會太牽強才是。雖然就算是夏樹自己一個人要旅行也可以使用優惠制度，但我不太相信你會因此特地找聖奈商量，而且從你把圖畫送到我住的地方後就急忙離開這一點，也可以確定當時還有別人和你同行，所以你應該是和家人一起來大阪的吧。

與家人一起來大阪、女朋友在奈良，以及過了沒多久你就決定轉調到大阪。我綜合以上這幾點推論出來的結果是，因為下半年很有可能轉調到大阪，夏樹便藉此與女朋友發展至下一個階段，也就是訂婚後開始同居了。為了讓事情順利進行，你大概在春天時就提出轉調申請了吧。

在開始同居的時候必須先做一件事情才算是合乎常理對吧。如果那是以一家人到大阪旅行的形式進行的話，夏樹那天待在大阪的目的，可能就是要安排雙方家人見面打招呼吧。

我所住的房間窗戶可以看見的高級飯店「帝國飯店」，正好是最適合進行這種事的場所。根據二月時我在新神戶車站聽到的話，夏樹女朋友的老家好像也是在奈良縣內，所以與住在福岡的你們一家人約在大阪的飯店見面是相當自然的事情對吧。因此夏樹在和聖奈商量的同時，也根據自己的意願指定帝國飯店為見面的場所，而你之所以這麼做，當然就是為了把那張煙火的圖像送到我家。

從當時是晚上九點來看，夏樹應該是在雙方碰面後吃飯的時候，或是吃完飯後聊得正開心的時，以假裝要上廁所等方式離開座位，就這樣溜出了飯店。從那裡走到我住的公寓並不會花上太多時間。只要動作快一點，就可以在出席聚會的人們起疑之前回到飯店了吧？

於是，在今天夏天順利讓雙方家人見面後，夏樹要結婚的事情也終於拍板定案了。而夏樹認為必須要把這件事告訴我才行，才會與在廢棄遊樂園發生的那件事扯上關係。

秋天。我完全誤會了一件事。

既然夏樹你說要帶我去有旋轉木馬的地方，那就代表你肯定和高中校外教學時一樣，想要對我表白什麼事情。我的推測到這裡都還是正確的。

可是，我在歸納結論的時候把事情想得太簡單了，只因為情況相同，就認為夏樹要說的內容也是如此。但你其實是想在那裡向我報告要和女朋友結婚的事情。我卻阻礙了你，甚至對可愛的外甥女施加了沒有意義的負擔。我怎麼會這麼愚蠢呢？

到了這個冬天，我的腦子裡才閃過「或許夏樹想說的事情並不是愛的告白？」的想法。一開始我還不太能相信，但當我實際去設想這種情況後，發現這一年來令我感到疑惑的各種現象都有了合理的解釋。

我一直覺得自己必須跟夏樹好好道歉才行。雖然在廢棄遊樂園時已經道過歉了，但我想要道歉的理由和當時是完全不同的。不過，你都已經宣布放棄對我表白了，我如果還硬是要你說出來，好像也不太對，才會一直到今天都沒有和你聯絡。

因此，我剛才發現是夏樹打來的電話時，就在想：這一天終於來臨了。既然你都要表白了，那讓我來猜測你想說的事情應該也無妨吧……夏樹，真的很抱歉。你明明是想向我報告好消息，我卻妨礙了你。

我完全沒有考慮過你打這通電話還有別的目的。今年馬上就要結束了嘛。如果我沒有察覺到任何夏樹所隱瞞的事情，我想我現在應該還繼續和你保持著聯絡，然後跟你說我過年會回老家，問你有時間的話要不要見個面。

夏樹，你應該是想在我說這些話之前告訴我結婚的消息吧。為了把這一年來所發生的事情當成一時的鬼迷心竅，讓它在今年之內畫下句點。這樣子你也就不用再和我見面了。

所以你今天晚上才會在你女朋友……你太太不在的地方打電話給我對吧。

怎麼樣，夏樹？我哪裡說錯了嗎？

如果是平常的話，這時候夏樹應該就會笑著否定我了吧。然後對我說「妳只有自信不輸人呢」之類的。

說不定我一直在期待你對我這麼說。那樣子，我就能和你繼續當朋友。

……不過，既然你到現在都還沒有說任何話，就代表我的KISETSU是正確的吧。

夏樹你大概作夢都沒想到，自己一直隱瞞著的事情已經被我看穿了吧。

不過，我其實也是可以好好完成KISETSU的喔。只要拚命觀察，就能夠替奇妙的事件找到合理的說明喔。

因為從認識你之後到現在，我已經和你一起替很多事情進行KISETSU了……

3

一開始聽到時雖然很驚訝，但我還是認為冬子所說的「結婚」只是碰巧猜中的。心想大概是冬子在KISETSU老是過度追求浪漫的習慣，終於在這次引發了奇蹟吧。若要舉例的話，就像是閉上眼睛揮了幾十次球棒，其中剛好有一次打中球，還擊出了全壘打。

但我徹底小看了冬子。我在這一年裡無意識地撒下了各式各樣的線索，冬子是以其為根據，用再正當不過的方法進行KISETSU的。我所經歷過的感情軌跡……放棄堅持多年的愛慕之情，決定和其他女性結婚的心境變化，全都被她以仔細的觀察為根據推論出來了。

「全都跟冬子妳說的一樣。」

在沉默許久後發出來的聲音變得跟感冒了一樣沙啞，這或許是夜晚冰冷的空氣所造成的。

「我要結婚了。預計會在春天的時候舉辦婚禮。」

令人意外的是，冬子連那些老套的祝福都沒有說。相對的，她談起了這樣的話題。

「……我之前曾說過『很像旋轉木馬』對吧。」

她指的是不斷循環的季節。在廢棄遊樂園的旋轉木馬前，冬子的確說過這句話。

「當時夏樹自言自語地說出了『季節不斷更迭』這句話。我原本以為我們肯定是一起坐在旋轉木馬上，並共同度過不斷轉變的季節。但是，如果季節是旋轉木馬上的馬，那我們根本就不可能並肩共騎。『冬天』的我和『夏天』的你所騎的馬是在彼此的正對面。」

——冬和夏本來就是無法相依而活的宿命。

「所以，我事後就想，明明夏樹在用相機拍攝廢棄遊樂園的旋轉木馬後沒多久就說了那段話，為什麼我卻一直沒有察覺到呢？對我而言，季節是會『轉變』的事物。是自己會騎在上面不停繞圈的事物。但你卻是在柵欄外面看著這樣的我對吧。你無論何時都貫徹觀察者的立場，對你來說，季節是用眼睛『看』[3]的事物。而站在柵欄外的夏樹身旁當然有個你最愛的人。」

別再說了！我忍不住想這麼大叫。那不能用「最愛」這兩個字來形容。這是唯一一件冬子到現在仍舊理解錯誤的事情。我曾經多次想甩開陪我一起站在柵欄外的人的手，去乘坐上面有冬子的旋轉木馬。

「……如果冬子妳願意的話，我隨時都可以坐上妳旁邊的馬。因為妳一直堅持拒絕，我才會放棄去騎那座旋轉木馬。」

我明明知道沒有那個權利，卻還是吐出了像在責怪冬子的話。關於我約冬子到有旋轉木馬的地方這件事，冬子剛才說我在校外教學那一晚和今年秋天所要告訴她的內容是不一樣的。但從我的角度來看，那不僅代表了終結一段戀情的意義，也代表了要確定兩個人能不能一起坐上旋轉木馬的意義，所以目的可以說是一樣的。

冬子像是完全沒有聽到我說的話似地，讓話題跳到了別的方向。不過，雖然在我耳裡聽來，她的話題轉得毫無脈絡可言，但在她腦中應該是有明確次序吧。

「夏樹你知道我打算妨礙你告白的時候，曾經說過『為什麼要做到這種地步』對吧？」

我對這句話有印象。在廢棄遊樂園的時候我的確這麼說了，而且雖然在七年前我沒有明白地說出口，心裡卻也想著同樣的事情。

「我並不是沒有感覺到心痛，雖然聽起來很像在替自己辯白，但我覺得自己真的很差勁。校外教學的那一晚，才會割傷自己的小腿。我認為那是自己應該受到的懲罰，我想要代替夏樹承受若是知道真相的話一定會感覺到的痛苦。」

我到現在還清楚地記得從冬子的白色肌膚滲出來的血。但我以為那肯定只是冬子為了達成目的而做出來的誇張效果，並沒有繼續深入追究。當時我的腦袋完全遺漏了這項再理所當然不過的事實。割傷自己的肌膚時怎麼可能不會伴隨著痛楚呢？

「至於廢棄遊樂園的那件事，為了獲得姊姊的協助，我在事前就把所有事情都坦白

---

3 在日文中，代表季節更迭的「移る」和代表用眼睛觀看的「映る」發音相同。

告訴她了。你能夠想像我姊姊因為這件事把我罵得有多慘嗎？一個重要的朋友對我有好感，鼓起勇氣想要傳達心意，我卻不肯聽他說，還做出想要敷衍過去的行為，她說這樣子實在太卑鄙了，狠狠地罵了我一頓。但我還是一直低頭拜託她，最後才勉強得到她的協助。」

這又是一件讓我難以想像的事情。當我在思考她們這種類似共犯的關係時，腦子裡浮現的只有她姊姊覺得有點好玩而答應協助的模樣。

「就算別人沒有告訴我，我也很清楚自己究竟做了多麼差勁的事情。但就算是這樣，我也不想要失去我和夏樹的關係。我想一直和你當朋友。」

因為我們只能當朋友。因為冬子自己也很清楚，她無論如何都沒辦法接受我的心意。

「我一直夢想著如果能讓校外教學那一晚造成的疙瘩消失，跟以前一樣和夏樹說著KISETSU之類的事情，開心地過日子就好了。甚至覺得就算要因此討厭自己也無所謂……但還是辦不到。就算再怎麼討厭自己、就算不惜做到這種地步也不願和重要的朋友分開，到頭來我還是無法和自己告別。像這樣子互相告別的日子總有一天會到來。我沒辦法和自己告別，但我也不想和夏樹告別……這根本就是耍任性嘛。」

冬子呼出了一口氣。那聽起來像是在微笑，卻隱藏著極為悲傷的聲響。

有兩個人影從公園旁經過。其中一個身材高䠷的是男性，另一個步伐較小的則是女性吧。在這寒冷的天氣中，他們看起來並不像是正趕著回家，而是慢慢品嘗著一起度過的時間。

「我該怎麼做才能讓冬子喜歡上我呢？」

我望著逐漸變小的人影，忍不住脫口說出這種沒有意義的話。

「正如妳也知道的，到目前為止我經歷過許多奇妙的事件，而且大多藉由貫徹觀察者的立場來對其進行KISETSU。但只有這個認識冬子後沒多久就產生的疑問，我怎麼樣都沒辦法觀察出答案。」

「不要說『該怎麼做』這種話好嗎？」

冬子回答時的聲音聽起來非常平穩，但也像是在對我慘叫。

「夏樹只要保持現在這樣就好了。喜歡某個人需要理由嗎？這是一樣的道理吧。沒辦法喜歡某個人也是沒有理由的。」

這句話雖然很殘酷，但也是毫無疑問的真實。那些我認為已經完成KISETSU的事件，其實也只有解開表面上的謎題，至於隱藏在其中的人們的心理，有很多都是我想像出來的。認為人心可以用理論來說明，這本來就是一種非常自大的想法。

冬子是否曾經試著喜歡上我呢？我突然冒出了這樣的想法。會不會是她無論怎麼努力都沒辦法喜歡上我，才深切地體會到無法喜歡某個人也是沒有理由的呢？

當然了，這或許只是到現在仍舊想挽回她的我所許下的不乾脆的願望罷了。不過，就算只有現在這一刻，我也想相信事實真是如此。

「我們已經連朋友都沒辦法當了嗎？」

我抱著依依不捨的心情開口說道。冬子並沒有再度陷入猶豫，她已經掌握明確的答案了。

「關於這個問題的答案，夏樹你應該比任何人都還要清楚吧。」

沒錯。只要我跟冬子還是朋友，我的內心某處應該就會一直期盼著哪天能和她一起乘坐旋轉木馬吧。就算認識了其他應該去愛的人，與對方結婚，過著無憂無慮的生活，這樣的想法也一定會跟病魔一樣，盤據在內心深處無法消失。就是因為知道這點，我才會決定在今晚將事情做個了斷。

我會在今天結束與冬子的朋友關係。或許我們之後還是有可能會在同學會或其他場合上遇到對方。但我們應該只會把彼此當成普通的同班同學來對待，不會再抱持著任何超越這種關係的感情，又或者是乾脆表現出冷淡到不自然的態度，把對方當成陌生人看待吧。

「那麼，讓我在最後說一句話吧。」

結束的時刻接近了。這並非預感，而是實際感受到它逐漸逼近。我壓抑著激動的感情向冬子請求，她便以如細雪般的溫柔擁抱了我的情緒。

「你說吧，不管是什麼我都會聽的。」

剎那間，從相遇起到今天的記憶在我的體內到處奔馳……這種情景偶爾會被比喻成走馬燈，或許是因為在這個國家的某處，曾經有人像把季節形容成旋轉木馬的我們一樣，抱持同樣的印象吧。

我深吸了一口氣，覺得好像可以把所有的回憶都纏繞在上面。我藉由接下來所說的一句話，試圖把那些回憶吐出體外。

「我喜歡妳。我一直都很喜歡冬子。」

這件事情我應該早就傳達給她了。但我還是希望至少有一次機會能好好地用言語表達出來。這不僅是為了自己的感情，也是為了親手弔祭長年與我相伴、一部分的心。因為光是要傾訴這件事，就花費了我長達八年的歲月。

「謝謝你喜歡這樣的我。」

冬子最後的聲音奏出了我從未聽過的音色。原來還有我所不知道的冬子啊，這讓我感到有些不捨。過了不久，我聽見令人肝腸寸斷的刺耳聲音……然後電話就掛斷了。

永別了，冬子。
我最喜歡的人。

尾聲

臉頰傳來了冰冷的觸感。我抬頭望向天空，發現細小的雪花正一片片往下飄。

我好一段時間什麼都無法思考。腦中像是塞滿了厚重的雲一樣全都灰濛濛的，身體冰冷到快要凍僵，但又覺得好像只要動一下身體，就會被揭穿這全都是夢，所以連要從長椅上站起來也辦不到。

流逝的時間感覺好像很長，又感覺像是只過了幾分鐘。突然間，我感覺到附近有人在動，頓時回過神來。

我聽見了鞋子踩著地面的沙土的聲音。如果是在剛開始講電話的時候，我或許會以為那只是經過的路人，不會特別去注意吧。但現在的夜色已經比當時還濃，進入了有人從視線死角靠近的話必須加以戒備的時間帶。

我反射性地將臉轉向聲音的來源。電燈的亮光從正面照著腳步聲的主人，使其外觀自夜晚的縫隙間浮現。

「……**亞季**。」

我除了呼喚她的名字外什麼都做不到。

亞季的臉上浮現困惑的表情，沒有回答我的聲音，而是像在忍耐似地抱著自己的身體站在原地。

——亞季是我的女朋友。我們還沒有入籍，所以算是我的未婚妻。

我們是在京都的大學認識的，我一進入大學就和她成為同班同學，她對我有好感，我們才會開始交往。當時距離高中畢業還沒有很久，我雖然想要徹底放棄，卻仍舊無法忘懷失敗的戀情，所以即使對亞季沒有什麼特別的感情，卻還是答應她的要求，和她交往。我懷著期待地想，只要交了女朋友，喜歡上她，或許就能夠忘記那個甚至已經沒有再繼續聯絡的人。

雖然動機不純，但我認為我的判斷並沒有錯。在與亞季度過的愉快時間裡，我真的喜歡上了她，腦中根本沒有浮現過對其他女性的感情。如果要形容的話，與其說是已經不再喜歡了，不如說是讓這段感情在內心深處冬眠、連一點味道都不會飄散開來，會比較正確。在那之後，我和亞季連爭吵的次數都很少，雖然一起從大學畢業後，因為工作的關係而變成福岡與奈良的遠距離戀愛，但兩人之間從未出現過與分手有關的話題。

到那時為止我們的交往都沒有任何問題，進行得很順利……但是，既然說是冬眠，那就會有融雪的時候。

離開大學的那年夏天，我在生日的時候收到了一封訊息。如果沒有那封訊息的話，我應該不會主動聯絡她吧，那封訊息很快地就引導我們重逢，也輕易地喚醒了好不容易才進入冬眠的感情。已經失敗的戀情擅自被縫補起來了。

今年年初的時候，我的心已經偏向那個人了。我和亞季一起經歷的歲月絕對不算短，但我的確曾把與她分手列入選項之一。既然如此，在前往神戶之前，我應該要先對亞季提出分手的要求才算合情合理。但我最後並沒有說出口，就這樣在前往神戶的時候順道去見了別的女性。我打從心底覺得自己是個卑鄙的人。

話雖如此，到了神戶後，我所得知的卻是無論如何她都不可能接受我的殘酷現實。就算把失敗的戀情縫補起來，還是無法改變它已經失敗的情況。雖然還懷有留戀，但我也不得不領悟到，現在還去考慮這段感情的可能性是不會有結果的。

同時，亞季因為無法忍受分開生活的寂寞，也開始不時提起結婚這兩個字了。我們之前在學校生活時每天都能見面，她很快就受不了這一年的遠距離戀愛。於是我便體諒她的心情，向公司提出調職到關西的申請。我原本和亞季約好在成功調職後就結婚，沒想到我的調職申請很順利，在今年夏天確定於下期業務開始時調職，所以我們就正式開始處理婚約的事情了。

在安排兩家人見面之前，我們先各自向對方父母打過了招呼。正如我在七月時的電話裡說過的，亞季因此抽空來了福岡一趟。我就是在那時造訪老家的冷清遊樂園。我向父母介紹完亞季後沒有什麼特別要做的事情，就和她去那裡稍微打發一下時間。

接下來，我們在八月的時候安排兩家人在大阪見了面。我拜託高中同學聖奈處理預約飯店的事情時，住宿者清單裡所填的名字是父母、姊姊、我以及亞季。雖然亞季也可以選擇和其他家人一起回奈良，但因為我難得來到大阪，就以尋找在大阪的新家為由，陪我在飯店住到隔天。此外，我的妹妹名字叫秋繪，正在大阪的大學就讀，也獨自居住在大阪，所以沒有必要住在飯店裡。

在那之後，我忙著準備搬家之類的事情，也在秋天時被公司正式告知要轉調到大阪。於是我把下期業務快開始前的九月底當成最後的機會，和某人去了廢棄遊樂園。惠里奈詢問我與她的關係時，我之所以回答「目前還算是朋友」，是因為根據我的計畫，我會在那天向她報告結婚的事情，並結束與她的朋友關係。順便一提，因為那天是平日，亞季必須上班，我晚上已經和她約好要一起在外吃飯了。

我現在和亞季一起住在這座公園附近的公寓裡，過著忙碌但充實的生活，沒有任何事情能阻礙即將到來的結婚，除了必須在過年前向某個人報告結婚的事情之外。不過，那件事也終於在今天，也就是不久前處理完了。

——我不確定該不該使用「最愛」這兩個字。

不過，即便如此，我還是愛著亞季，也對結婚這個決定毫無後悔，甚至覺得這是最好的選擇。

因為在某一名女性離開我的世界後，亞季現在肯定就是我最愛的人了。

「……妳不是去洗澡了嗎？」

亞季什麼都不說，我便嘆著氣這麼問。

在離開家之前，我算準亞季正準備去洗澡的時間，對她說我要去一下便利商店，然後就出門了。亞季習慣花很多時間洗澡，平常都要超過一個小時才會出來，所以時間應該很足夠才對。而且我在晚上出門去便利商店也不是什麼很稀奇的事情。

低著頭往下看的亞季回答的時候，與其說是在對我說話，更像是把話語滴落在腳邊。

「阿夏你好像有什麼心事，我有點擔心，就跟在你後面跑出來了。」

「所以……妳全部都聽到了吧。」

「是不至於連對方的聲音都聽得見啦。」

在大眾運輸工具裡和某人講電話的時候，周遭的人之所以會覺得煩躁，是因為只能聽到對話的一半，我曾聽過這樣的說法。不過，以現在的情況來說，就算只聽到一半，也就是只聽了我說的話，也足以造成致命傷了。我說了好幾句就算不了解事情的來龍去脈，也絕對無法當作沒聽見的話。

亞季在垂頭喪氣的我身旁緩緩坐了下來。我們之間隔著沒有近到能碰觸對方，但也沒遠到能讓他人看見空隙的距離。

「……對不起。」

最後我擠出了這句話。

「我並不是希望妳原諒我才會道歉，只是打從心底覺得很對不起妳。」
「是啊。感覺像是被人揭穿目前為止發生的所有事情都是紙糊的模型。」
亞季臉上浮現的笑容想表達的大概是自嘲之類的意思吧。
「不過，老實說，我並沒有很驚訝。應該說我自己也對不覺得驚訝這件事嚇了一跳。」
我有種想要問她為什麼的心情。但我不認為那是目前應該提出的問題。
「今後該怎麼做，全交給亞季妳判斷吧。我沒有權利去指望什麼。」
「阿夏，你老是這樣子呢。我只要說了什麼，你都回答照我喜歡的去做就好。」
是這樣嗎？我的記憶蒙上了一層霧，沒辦法清楚地想起來。
「我一直很介意阿夏你沒有看著我的事情。一開始是我先喜歡你，我原本覺得這大概是難以避免的。但是，在不久之後，就算我不想知道，還是感覺得出來。那就是夏樹你真正的願望肯定是在與我所處的世界外面，所以只要你還待在這個世界裡，應該就不會有想要特別說出口的願望。」
我從來沒想過這些。所以亞季的告白刺痛了我的心。
我曾經覺得，當有一個無論如何都想要的東西存在，卻只能獲得除此之外的東西時，不管獲得什麼都是一樣的。但至少我在與亞季交往的這幾年並不常出現這種感覺。不過，在她首次指出問題所在後，我開始對自己的感情失去自信。

「不過，就算如此，我還是希望阿夏有一天能看著我，覺得我也算是用自己的方法努力過了。在決定要結婚的時候，我以為自己的願望終於成真，鬆了一口氣。我以為這世上沒有無法實現的戀情，還為此沾沾自喜。」

不過，那只是我的誤會罷了……在我的心裡，亞季說的這句話我只同意了一半。無法實現的戀情的確存在於這個世界上。只有這件事我不想被任何人否定。

亞季呼出一口氣，抬頭看向夜晚的天空。雪片在景色中所占的比例已經比剛才多了不少。

「……旋轉木馬嗎……」

亞季喃喃說出的這個詞彙讓我忍不住轉頭面向了她。電燈淡淡的亮光把她的側臉照得有點白。

「阿夏，你在電話裡提到了旋轉木馬的話題對吧。你說你想和電話另一頭的人一起坐旋轉木馬，卻無法如願。」

——因為妳一直堅持拒絕，我才會放棄去騎那座旋轉木馬。

「我聽著聽著，就隱約明白你說的旋轉木馬是一種譬喻了。不過，阿夏也沒有一直和我坐在同一座旋轉木馬上呢。你和我所在的世界裡並沒有你想實現的願望。」

我明明置身於這個世界的內側，卻不斷地看著外面的世界。

「你問我今後該怎麼做，這種問題我沒辦法馬上決定的。畢竟那是會左右人生的抉擇啊……不過，只有一件事我想要先向你確認清楚。」

亞季也轉頭看向了我。她的長髮隨之晃動，黏在髮梢的雪花輕輕地掉了下去。

「阿夏，你之前究竟是坐在哪一座旋轉木馬上呢？」

原來如此。

我其實也嚴重誤會了一件事。

我一直以為若是無法和喜歡的人一起乘坐，那就只能找別人，所以我一直是和別人一起在馬上繞圈，度過一個又一個季節。

但是，我到現在都還沒有跟任何人一起乘坐過同一座旋轉木馬。就算待在這個世界，我也只是站在柵欄外望著旋轉木馬而已。到頭來我一直都只是個觀察者。

有個人曾經說過，讓自己過著毫無遺憾的人生是對家人最好的回報。

所以我也仿效她的想法，希望自己能過著毫無遺憾的人生。為了達成這個願望，我無論如何都必須經歷一項儀式，那就是割捨並弔祭長年與我相伴的一部分的心後再結婚。而在儀式已經結束的今晚，我應該已經拋下一切後悔，能夠不含一絲牽掛地走向結婚這一步才對。但是……

有一件事情是絕對不能讓人知道的。那就是我其實曾夢想著能夠乘坐別的旋轉木馬。

當我在最後的最後搞砸事情，讓人知道這項願望後，現在我的心裡又正在重新產生出強烈的後悔。

詛咒自己的話語接二連三地冒出來。自從我開始思考結婚這件事，就時常對創造出現在的我的家人浮現感謝之意。我明知道詛咒自己就等於是背叛這份感謝，卻還是無法克制對自己的厭惡。我滿腦子只想著自己的願望，讓某個人感到痛苦，也傷害了另一個人，事到如今我才自覺到這是多麼差勁又多麼卑劣的事情。即便如此，我也絕對無法和自己告別。無論我多麼討厭自己……

雪下得越來越大，但落到地上後還是融化了，並未成為積雪。而我原本相信是戀愛之情的一部分的心，也因為醜陋、悲慘、可恥和污穢而改變外貌，一塊一塊崩落瓦解。即便我最討厭的自己就這樣連同身體一起完全消失也無所謂。我是真心這麼想的。那正是我現在最想要實現的願望。

我的意識因為寒冷而變得朦朧。雪片遮蔽了我的視野，連坐在身邊的人都像位於遠方似地看起來很模糊。我從長椅上站起來，慌張地想衝向她身邊。向來冷靜觀察各種事情的眼睛，一旦得知自己身為當事人的立場，就什麼都看不見了。在那邊稍等我一下。

不要跑到外面的世界去。我現在就過去妳那邊，回答妳所問的問題……

但是，我還沒有到達那裡，世界就在我眼前消失了。

住宅區在不知不覺間消逝，我一個人呆呆地站在黑暗中，身旁被躍馬及豪華的馬車包圍。輕快的音樂和華麗絢爛的燈飾刺激我的知覺，使我連現實跟幻想都無法區別。

當我回過神來時，視野早已變得相當清晰。我戰戰兢兢地確認自己站在何處。

——我在一座壞掉的旋轉木馬上遙望著世界。

那座旋轉木馬的電力系統被融化的我自己破壞，黑漆漆地佇立在夜色中。其周圍座落著無數的旋轉木馬，有的只坐著一個人，有的坐了兩人以上，正不停地繞著圈。

距離我較近的旋轉木馬上有個騎著馬的人正在對我揮手。那令人懷念的身影讓我想要與對方一起乘坐，但我的身體已經融化，無法移動，連揮手回應都做不到。過了不久，她也對我失去了興趣，又開始專心地騎著馬繞圈。燈飾照亮了她跳動的身影。

我目不轉睛地注視著她似乎很開心的模樣。

一直、一直用這雙眼睛看著她。

後記

為了將本書問世的經過記錄下來，我正在寫我的第一篇後記。

這個故事是由投稿參加第三十一屆橫溝正史推理小說大獎的稿件刪改修正而成的。

我在二〇一〇年的夏天寫下了投稿用的稿件。為了趕上只剩下三個月的截稿時間，我在只有想到兩章點子的情況下倉促開始寫作，邊寫邊構思其餘章節。雖然是我現在無法想像的草率寫作過程，但或許是多虧了這種宛如附身一樣在短時間內一氣呵成的情況，我在寫完的瞬間，甚至覺得「就算沒有通過評選，也不會後悔寫下這個故事」的滿足感。而就像在印證這種感受一般，這個故事後來也進入了最終評選的階段。

第一次進入最終評選讓我喜不自勝，滿心期待著能藉由本作出道，所以當時已經著手創作下一部作品，卻完全無法進入狀況，就這樣到了最終評選結果公開的那一天，結果則是落選。失望的我曾經想過要將這份正在創作的作品拿去投稿同樣獎項的下一屆。但是到了隔天早上，我因為對「如果要投稿同樣獎項的話，最快也要在一年後才能得獎」這項單純可見的事實感到害怕，所以就在那之後花了一個月死命地寫完作品，拿去投稿了別的獎項。

讓我確定成為作家的就是當時所寫的作品。然後，在第一本作品問世的那一年年底，主辦橫溝正史推理小說大獎的角川書店（現為KADOKAWA）聯絡了我，詢問是否願意發表本作。

之後本作以連載的形式進行了改寫，要修改自己好幾年前所寫的作品實在很困難，所以最後還是幾乎全部重寫了。雖然我確定品質因此提升了，但從另一個角度來看，不再像以前那樣依賴莽撞冒失的熱情這件事，也讓我覺得有些寂寞。

不過，我現在誠摯地認為能讓本作呈現在世人面前真是太好了。我衷心感謝給予我這個機會的KADOKAWA與責任編輯，還有拿起本書的各位讀者。

無論是什麼樣的印象，我都希望這部作品能留在閱讀過的人們記憶裡。

最後我要感謝欣然承諾成為本作登場人物範本的友人。

若沒有你的理解和支持，現在的我應該無法擁有作家的身分吧。

真的很謝謝你。也祝你永遠幸福。

岡崎琢磨　二〇一五年六月

日本暢銷小說 86

旋轉木馬推理事件簿

季節はうつる、メリーゴーランドのように

作者｜岡崎琢磨
譯者｜林玟伶
書衣插畫｜Zzifan_z
封面設計｜莊謹銘
責任編輯｜丁　寧

國際版權｜吳玲緯　蔡傳宜
行銷｜艾青荷　蘇莞婷　黃家瑜
業務｜李再星　陳玫潾　陳美燕　杻幸君
副總編輯｜巫維珍
編輯總監｜劉麗真
總經理｜陳逸瑛
發行人｜凃玉雲
出版｜麥田出版
10483台北市民生東路二段141號5樓
電話：(02) 2500-7696
傳真：(02) 2500-1967
部落格：http://ryefield.pixnet.net
發行｜英屬蓋曼群島商家庭傳媒股份有限公司
城邦分公司
地址：10483台北市民生東路二段141號11樓
網址：http://www.cite.com.tw
客服專線：(02) 2500-7718｜2500-7719
24小時傳真專線：(02) 2500-1990｜2500-1991
服務時間：週一至週五 09:30-12:00｜13:30-17:00
劃撥帳號：19863813　戶名：書虫股份有限公司
讀者服務信箱：service@readingclub.com.tw
香港發行所｜城邦（香港）出版集團有限公司
地址：香港灣仔駱克道193號東超商業中心1樓
電話：+852-2508-6231
傳真：+852-2578-9337
電郵：hkcite@biznetvigator.com
馬新發行所｜城邦（馬新）出版集團
【Cite(M) Sdn. Bhd. (458372U)】
地址：41, Jalan Radin Anum, Bandar Baru Sri Petaling, 57000 Kuala Lumpur, Malaysia.
電話：(603) 90578822
傳真：(603) 90576622
電郵：cite@cite.com.my

印刷｜中原造像股份有限公司
初版｜2017年5月
定價｜320元

國家圖書館出版品預行編目資料

旋轉木馬推理事件簿／岡崎琢磨著；林玟伶譯. -- 初版. -- 臺北市：麥田, 城邦文化出版：家庭傳媒城邦分公司發行, 民106.05
面；　公分. --（日本暢銷小說；86）
譯自：季節はうつる、メリーゴーランドのように
ISBN 978-986-344-444-2（平裝）

861.57　　106003595

ISBN 978-986-344-444-2
Printed in Taiwan.